生命活動として極めて正常

八潮久道 Yashio Hisamichi

角川書店

装画 neni 装丁 bookwall

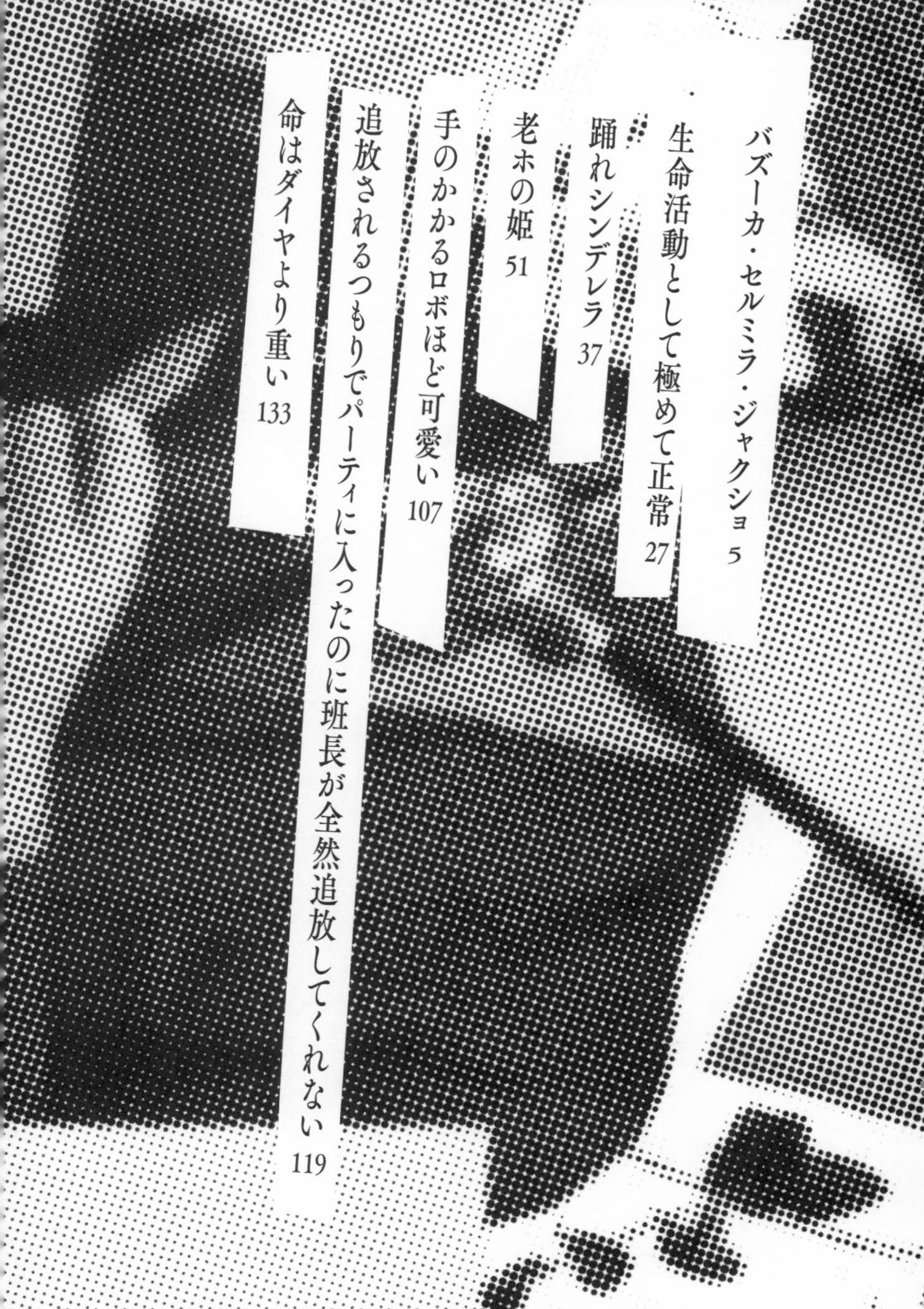

バズーカ・セルミラ・ジャクショ

想像できるか？　客が店から評価されないのが当たり前だった時代を。

　ネットオークションでは出品者が落札者を評価する仕組みがあった。ライドシェアリングサービスでは運転手が利用者を評価する仕組みがあった。誰もがそれは、赤の他人の素人同士の取引にとって必要なだけだと思い込んでいた。おかしな客、招かれざる客というものはいつだって一定数存在している。個人ではそのリスクに耐えられない。それは客の側も同じだ。だからお互いに評価し合って、その評価を集約する仕組みが生まれた。実際長らくずっとそうだったのだ。だからそれは当たり前だと思われていた。ところがそんな牧歌的な光景が一変した。バズーカ(Bazooka)が登場したからだ。

　バズーカは手始めに、様々なネットサービスに遍在していた個人の評価情報をまとめ上げてみせた。ライドシェアでのドライバーとしての彼、民泊サービスでの宿泊者としての彼、あるいはネットオークションの落札者としての彼の素行が、ひとまとめに評価されるということだ。それからバズーカは一般の店舗にも売り出し始めた。まずは高級飲食店だった。評価の低い客を排除し店の品位を保つこと、そして悪い客を排除する姿勢そのものが売り文句として機能するのが高級飲食店だったからだ。評価の悪い客は予約ができない。その後、庶民的な飲食店や量販店へとバズーカは手を広げていった。さらにクレジットカード等金融の信用情報もまとめ上げていった。当初はバズーカがそこまで普及するとは思われていなかった。しかしそれを後押しした背景が二つあった。貨幣形態とテロだ。

　貨幣は、羊や米から貴金属へ、そして紙幣へ、さらに電子決済へと、その形態を抽象化し純粋な数字へと姿を変えていった。そして電子決済は個人の名前と貨幣を紐づけることを可能にした。その普及を後押ししたのがテロやマスマーダーだった。かつて「ホームグロウンテロ」という言葉が存在した。政治・宗教・社会・環境などの主義や主張に感化された自国民が自国内でテロ行為に及ぶことをわざわざ「ホームグロウン」と冠して呼んでいた。奇妙に思うだろうか？「車」と言って馬車や人力車ではなく自動車を指すのが当然となったように、「メール」と言って紙の手紙ではなく電子メールを指すのが当然となったように、単に「テロ」と言えばホームグロウンテロを指すのがもはや当然になった。あるいはマスマーダー、大量殺人でも、動機が主義・主張に基づかないだけで自国民が自国内で行動を起こす点では同様だ。国民の行動をより詳細に追う動機が生じた。現金での購買はトレーサビリティの点で難があるから、個人の名と紐づいた電子決済の導入が急速に進められた。今では現金決済を許す店はテロに荷担しているとさえ非難される始末だ。今や私たちは何をいつどこで買ったのか完全にトレースされている。そして「行為を可能にする組み合わせ」の物品購入が成立した時点で拘束を受ける。他人に買わせて後から受け取るなど回避する試みも当初は見られ、対策と回避のいたちごっこの時代もあったが、徐々に金の流れと物の流れを完璧にトレースしていくようにシステムが洗練されていった。

　日本の場合はテロに加えてポイントも大きかった。日本は諸外国と比べてもポイントが大好きな国だった。政府までポイントで国民の行動を方向づけようとした。財布に何種類もポイントカードを入れていた、そんな時代もあった。その後、物理カードはスマートフォンのアプリに移行して財布は多少薄くはなったが、さらに生体認証へと移行していった。生体認証でポイントも決済も全て一元化され、利便性の高さから普及していった。例えばアメリカほどクレジットカードでの決済が浸透せずしぶとく現金決済が残り続け、ホームグロウンテロの脅威も比較的薄かった日本でも、こうしてバズーカが馴染む素地が作られていったわけだ。

わずか十年だ。冗談のようなスピードでバズーカに世界市民が取り込まれた。そんなふざけた世界にようこそ、心の底から歓迎するよ。

父さんは僕が十五歳になった日にそう語った。昔は良かった、そう言っているように聞こえて父さんが急に老人になったように思えた。十五歳、各種サービスが一気に利用可能となる年齢で、同時にバズーカによるレーティングが全面的に始まる年齢だった。ギミギミシェイク十五年、前の元号は僕の年齢と同じだったから覚えている。父さんの話は無数にある教養や知識の一つとして頭の奥にしまい込んでいた。バズーカ自体意識することなんて一度もなかった。普通に買い物をして、普通に飯を食って、普通に生活していれば意識する必要がなかった。

正確にそれから十年後のイージードゥダンス二年、僕が二十五歳になった日に父さんの話を思い出したのは、僕のレートが突如無に帰したからだ。その日の朝、いつものスタバでいつものホットコーヒーを頼んだが自動認証が通らず支払えないと端末が拒否した。三度試しても駄目だった。店員は「あらやだ。調子が悪いのかしらね」なんて言って隣の端末に僕を案内したが、そこでも駄目だった。そんな事態を経験したことがないからうろたえてしまった。後ろに並んでいた人たちもいぶかしげに僕を見ていた。急に恥ずかしくなった。

「ごめんなさい。ちょっと確認してみます」

慌てて店を出てはみたが、一体何を確認するのか自分でも全く分からなかった。とにかく出社しようと駅に向かったが改札を抜けられなかった。駅の「改札」なんて過去に意識したことがなかった。ただ通過するだけの存在でしかなかったのに、つつしみもなく大仰に真っ赤に光って僕を通さないと怒っていた。この時になってようやく、自分が支払えない体になっているらしいという可能性に思い至って恐怖がこみ上げてきた。

「んっふふ。『支払えない体』とかそうゆうの。なんかやーらしい」

パパピッピはそう言ってくすくす笑った。四年前、父さんは突如パパピッピになった。そう呼ぶよう僕に強制し、虹色のセーラー服とスーツを取り混ぜたような奇抜なファッションに身を包み、妙な口調を使い始めた。就職して家を離れてからパパピッピとは距離を置いていたが、相談できる相手が他にいなかった。パパピッピは年々若々しくなっているようだ。以前は緩んで衰えていた身体が筋肉で盛り上がっていた。電話をしたら「すぐいくぽよ～」と言ったわずか十二分後に、僕のいる地点に猛烈な速度で走って現れた。息切れもまるでなかった。無許可でパパピッピに端末を向けて映像を撮る連中が群がったが「ぱぱぴっぴ！」「ぱぱぴっぴ！」という決め台詞と共にすすんでポーズを取っていた。パパピッピは一種のアイドルのようなものとしてネットの中では名が知られて一部の世間には許容されていた。

「ばややでゅーかの、おれーちんは、もう見たぽよ～⁇」

何度か聞き返してバズーカのレーティングのことを言っているのだと理解できた。金は不足していないのに支払えない、と僕が訴えた直後にパパピッピはそう指摘したのだった。僕は一瞬、呆然としてしまった。支払いができない理由が、レートの不足だなんて一切想像していなかった。その瞬間に、ぴったり十年前の今日、まだパパピッピじゃなかった父さんの語った昔話の記憶が、いきなり目の前に物のようにくっきり現れた。僕が端末をまごまご扱っていたらパパピッピはそれを軽やかに奪い取ってしばらく操作してから突き返してきた。「Total Rate」という題目があり、その数値は「0.000」だった。その下に明細が載っているようだったが全項目で数値は「0.000」になっていた。驚駭してスクリーンから目を上げるとパパピッピは無言で肩をすくめてみせた。何か急にとても懐かしいような感覚があった。すっかり忘れていた、父親に縋るという子供の頃の感覚にいきなり襲われた。見知らぬ土地で突然迷子になってしまったような、一体自分はどうなってしまうんだろうという不安の中で、でも父親が守ってくれるような安心感が懐かしかった。しかし目の前の人物は全く父親の顔をしていなかった。庇護者としての顔ではなく、ただパパピッピというキャラクターでしかなかった。口をすぼめて突き出して、かわいい顔をアッピールしていた。赤の他人のようだった。

「お誕生日プレゼントだぽよ〜〜☆」

パパピッピは、握ったこぶしを僕の方に突き出した。くしゃくしゃの紙が十枚ほど握られていた。それは紙幣で、生まれて初めて本物を見た。日本にはまだ紙幣と硬貨が存在すると知識としては知っていた。既に紙幣の発行を停止し電子通貨へ完全に移行した国々も存在し、金兌換の停止に次ぐ通貨革命とも呼ばれたが、日本は様子見のまま紙幣を細々と発行し続けていた。テロやマネーロンダリング等の温床と国際社会の一部から批判も浴びながら、災害時・非常時の決済手段だと必要性を日本政府は強弁していた。

僕は手元の紙幣にまじまじと見入った。

「これって……えっ。使えるの？」

「んもう。バ・カ」

パパピッピは唇をすぼませて、チュッとした。

バズーカお客様相談窓口に電話をしてたっぷり三十二分間きれいな音楽を聴いて十分に僕の心が澄み渡ったところでオペレーターにつながり、「大変申し訳ございませんが個別のお客様のレーティングに関するご質問には一切お答えできかねます。」と繰り返されるばかりで、わざわざＡＩ案内じゃなく人間のオペレーターにつないだのに何なんだ。こんなに意味もなく時間を浪費する経験を久しぶりに思い出していた。今でも人間のオペレーターを用意しているのは日本法人だけだと聞いたことがある。心がないと言って怒る老人がいるから仕方なくわずかな数の人間のオペレーターを残しているという。

パパピッピに教わった住所はどう見ても普通のアパートの一室だった。入る勇気がなくて、入らない言い訳のためにバズーカお客様相談窓口に電話したのにこの始末だったから、諦(あきら)めてアパートに戻ったものの逡巡(しゅんじゅん)していたら、

「入らないならどいてくれる?」

と真っ白のワンピースを着た女が僕を押し退(の)けてさっさと入っていったから慌てて後をついていった。長い髪をまとめ上げてうなじが涼やかだった。中は三室分をぶち抜いて広かった。棚にはまばらに食料品や雑貨が並んでいた。他の客が僕をじろじろ見るせいで居心地が悪かった。とりあえず菓子パンを手に取ったが現金決済なんてしたことがないから、誰かがレジで支払ってるのをこっそり見て真似しようと店内をうろついていたら棚の陰から人が急に出てきて、さっきのワンピースの女だった。

「やだ白のワンピかわぽよー」

えっ。女が一瞬振り返って僕を睨(にら)んだ。自分でもどうしてそんなことを口走ったのか分からない。パパピッピの影響か。さっさと会計する女を僕は後ろから観察した。女はコインを出したが僕は紙幣しか持っていなかったから不安になった。女が会計を済ませたあと、僕も平静を装って商品と紙幣を置いた。店主のおっさんが紙幣を受け取ってほっとした。僕が商品を手に取っていかにも慣れている様子を装って店を出ようとしたらおっさんが、

「ツリィッ!?」

と怒鳴った。声に反応して振り返ったものの意味が分からなくて僕は突っ立っていた。フィッシングとか樹木とか言葉の解釈が色々と頭のなかで点滅した。おっさんは、

「ツリー、いらないのぉ？」

と握った手を突き出していて受け取ったらコインだった。ようやく、ああ、差額が小額の貨幣として返却される制度だと理解した。ツリーが結局なんなのかは分からなかった。「ヘイ」とか「ちょっと」みたいな、呼び掛けの一種なんだろう。社会階層が違うと言葉も違うのだ。

「もともとグリーンだったんだけど。洗ってたら白になったんだよね」

女は僕を待っていたみたいな位置で店の外に立っていて、いきなりそう言った。

「あっ、そう、なんですね……」

何を言われたのか分からず適当に返した。女が黙ったままで不安が募る。ようやくワンピースのことを言ってるらしいと気付いた。さっき出会い頭に僕が白のワンピースのことを言ったからだ。

「えっでも、ワンピース、白、似合ってると、思いますけどね……」

「ンオオォォオッ‼」

女が急に牛みたいな声で低く吠(ほ)えて、どういう感情なのかよく分からなかった。怖かったが、この人にこの世界の仕組みを聞くより仕方がない。バズーカのレートがゼロになった以上もうここで生きていくしかない。見た目も多少まともっぽいし、年齢も近そう。別世界に来れば導き手が現れるのはセオリーだし、この人を逃したらダメだと思った。

「あっ、お名前、あっ僕、三浦(みうら)っていいます」

「私は、別にちゃんとした名前もないし、好きに呼んでもらっていいけど」

困る。決定権をこっちに渡さないでほしい。なに食べたい？　なんでもいい。そういうやり取りが嫌いだ。せめて最初から選択肢を出してくれよと頭の半分で怒りながら、頭の半分では大忙しで失礼じゃなくて相応しいネーミングが何なのか必死で考えてた。

「えっと、あの、ワンピ女……あのー……ワンピ女って呼びますね……」

「別にいいけど、私毎日ワンピース着てるわけじゃないし」

「そんなこと言われても知らないです……」

実際その翌日、ワンピ女はワンピースを着ていなかった。僕は軽く手を上げちょっと勇気を出して、

「ツリー！」

と言った。ワンピ女は軽くうなずいた。挨拶が通じた。ちょっとだけ、自分がこのコミュニティに馴染めた気がした。ワンピ女はジーンズを穿いて、上は世紀末覇者って感じのプロテクターを着用していた。ゆっくり話ができるカフェに行きたいと言ったら、昨日と同じ店でワンピ女は僕に缶コーヒーを二つとイージードゥダンス紅白まんじゅうを買わせて、公園に行った。

「現金遣えるカフェなんてあるわけないじゃん」

紅白まんじゅうは賞味期限があやしい気もしたがワンピ女は気にせず食べていた。「イージードゥダンス」と元号の焼印が入っていた。昨年代替わりにより改元された。明治、大正、昭和、平成、ラブマシーン、ギミギミシェイク、イージードゥダンス。ラブマシーンとギミギミシェイクには、それぞれ「愛機」、「請振」という漢字表記もあったが、今回からはそれもなくなったから、まんじゅうの焼印も細かい文字が詰め込まれている。

漢字表記廃止には強硬な反対派もいたが首相が押し切った。首相は僕が中学一年からずっと同

じ人だ。元俳優で国際政治学者出身、女性初・最年少で内閣総理大臣になった。長くやり過ぎているとも批判されるが人気がある。ずっと同じ人だとそれ以外の人のイメージが僕には湧かない。

先の帝(みかど)はまだ五十三歳と若かったけれど、「自身も三十歳で皇位を継承した。皇太子が三十歳となる年に譲りたい」と譲位した。ラブマシーンの帝が九十歳を超えて存命で上皇が二人になった。昔の例にならってラブマシーンの上皇は本院、ギミギミシェイクの上皇は新院と呼ばれている。新院は二百六十年ぶりの女性天皇として僕がまだ赤ちゃんだった頃に即位した。その前まで男女で分けていたのも今の感覚だと変な感じがする。

ワンピ女にはとにかく色々聞きたいことがあった。まずは現金だ。みんなどこで手に入れているのか知らないとまずい。

「セルミラって知ってる?」

知ってる。世界最大の臓器売買マーケット、セルミラ(cermira)だ。しかし今はもう存在しない。僕が物心もつかない頃に各種人権団体、国連、国際社会から強い圧力を受けて国に潰(つぶ)されたと聞く。個人に根差したネットフリーマーケットサービスとしてスタートしたセルミラだったが、どういうわけか臓器売買の温床になって潰された。ワンピ女はまんじゅうとコーヒーを交互に口に運び、その度に上半身のプロテクターががちゃがちゃ鳴ってうるさいし動きづらそうだった。

「セルミラはね、今もあるよ。電子的なネットワークであることをやめただけ」

各地にいる「セルミラおじさん」が仲介してくれるという。臓器を売ればそこそこまとまった現金が手に入るらしい。でもセルミラおじさんはどうやって臓器を現金に換えてるんだろう。セルミラおじさんは何でも現金に換えてくれるというから当面は自宅にある品物を売っていけばなんとかなるみたいだ。それでも、本当にお金がほしければ臓器が一番いいという。

「だって私も腎臓いっこないよ？」

「えっ……でも……でも、ｉＰＳ細胞由来の拒否反応のない臓器を、作れると思いますけど、どうして……」

「めちゃくちゃお金も時間もかかるでしょ。お金持ちがバックアップで作ってるだけじゃん。セルミラで買った方が安いんだよ」

　腕まるごと切っちゃう子とかも結構いるんだってワンピ女は言った。保存処理して腕をコレクションするお金持ちがいるらしい。セルミラで買った腕の中にロボットを仕込んで動くオブジェにしたりもするって。でも腕を失くしたら生活に困るじゃないかって言ったらバカなんだよって。そのお金を元手に成り上がって、後で本物と変わらない義手を買えばいいってセルミラおじさんに唆されて腕を売っちゃうんだけど、みんなダラダラお金を遣っちゃって一生そのまま片腕で暮らすんだよ。義手もない子は社会でまともに扱ってもらえないから。

　僕らの目の前を猫が歩いていった。ワンピ女はゴオオーッとジェットエンジンみたいな音を出して、急に指を口に突っ込んだと思ったら、ネバネバした白い塊を口の奥から取り出して猫につけた。マーキングの一種か？　猫は「にゃごーっ」と言ってそのままの速度で歩み去った。

「政府もセルミラ使ってるらしいよ。精子や卵子を買って工場で子供作ってるって」

　ワンピ女が急に陰謀論めいたことを言い始めるからドン引きした。スラムにいると正しい情報が入ってこないからすぐそういうストーリーに入り込んじゃうんだろうか。

「日本の割り当て数が全然達成できないから、子供を工場で作ってるんだって」

　人口増の各国ノルマの話は聞いたことがある。「工場」も、妊娠による女性の身体への負担を減らすために、完全人工子宮で受精から出産まで体外で進める方法が普及している国も既にあるし、不可能ではないのだろう。

僕はもうバズーカのレーティングがゼロだから、来月の家賃の支払いができなくてもうすぐアパートを追い出される。住処を探さないといけない。

「うちに来れば？」

とワンピ女が言ってくれた。

「あのう僕、ド汚いところは、ちょっと……」

「ド汚くねえし」

それでも現金を減らさなくて済むのはやっぱり助かる。背に腹は替えられないから、ド汚いワンピ女の家に移り住んだ。

一緒に住むのに名前も歳も知らないのは変かと思ったが、ワンピ女は、ホントの名前なんてないし、ホントの年齢なんて分からないと言った。赤ちゃんの時にセルミラで売られ、生理がきた時に金持ちから捨てられた、記憶は消されたから正確には知らない。たぶん今は十七歳くらいだと思うと言った。どう見ても二十代半ばだった。

スラムの闇医者にうつ病の診断書を書いてもらって、仕事は長期休暇にした。

さしあたり家にあった物をセルミラで色々売って現金を作ることにした。ワンピ女がセルミラおじさんを紹介してくれた。

「はあ？　あたし臓器は売らないわよ。当たり前じゃない」

そのセルミラおじさんは、おじさんというか七十歳くらいのおじいさんで、めちゃくちゃ体がでかい。ゆったりしたドレスに上品な化粧に大ぶりの黒真珠のネックレスを着けていた。スラムの人たちからは「ソーリ」と呼ばれていた。「スラムを束ねてるからとか？」とワンピ女に聞いたら「昔、総理大臣だったんだって」と言う。なんだそりゃ。ソーリは普段は海の近くで暮らしていて、時々スラムにやってくるそうだ。

「ポイントとか大嫌い。レーティングもくそくらえよ」

ソーリはバズーカが大嫌いで、バズーカの外側で暮らす人達の現金を作るためにセルミラおじさんをやっているらしい。変な人だけど、実際現金があるのは助かる。

「そうね、各国に出生率の義務が割り当てられていて、日本が大きく下回ってるのは確かだわ」

スラムでの生活以外にもソーリは色々詳しかった。人為的な出生抑制を一切行わない場合、平均出生児数は女性一人あたり十人前後で、実際に日本では一九三〇年の年齢別出生率がそれに近かった。人口転換論では「開発は最良の避妊薬」とされ、医療技術や衛生意識の向上、生活環境の改善、飢饉（ききん）への対策などで死亡率が低下すると、人生を計画的に営む機運が生まれ出産がコントロールされる。産業革命により子供への教育・トレーニングの必要性が増加し子育てコストが急増したことも子供を減らす要因となった。二〇〇〇年代の時点で既に先進国だけでなく発展途上国も含めた世界人口の四割を占める国々で出生率が人口置き換え水準以下にまで低下し、その後は世界全体で低下していった。世界人口の減少自体は必ずしも否定的な事象でなくても、急減は社会の維持をやはり困難にした。そのため各国に一定の出生率の義務が割り当てられることになったという。

人口変動の三要素に出生・死亡・移動（転入と転出）がある。死亡率は十分に低下した。移動による平準化が目指されたことも過去にはあったが、異なる文化的バックグラウンドを持つ集団が社会内に包摂できない規模で存在することで、価値観の衝突によって社会の維持が極めて困難となったため各国は移動に慎重になった。出生数割り当ての国家間の融通は認められていない。

子供を工場で作る動機はあるってことか。だけどこっそりやる必要はなんだ。僕はさらにウェブでたくさん調べた。日本では忌避感が強いのかボランティア精神が低いのか精子バンクも卵子バンクも登録数が少ないらしい。昔は薬の治験や献血、臓器提供など、自分の体やその一部を提供する医療行為もあったが、再生医療の進展でそうした機会が減ったのも、忌避感を高めて普及を阻んでいる要因かもしれない。国として国民に強制はできない、しかし子供は作りたい、だから陰で生産する。

こども家庭庁成育局の外郭団体に、独立行政法人日本こども健康支援機構(Japan Children Support Health Organization：JaCSHOジャクショ)という組織があり、精子・卵子バンクや関係する政策の実動部隊になっているらしい。ここが怪しいな。だいぶ分かってきた。

「働け――――――!!!」

ワンピ女がブチ切れていた。セルミラで色々売って作った現金も減ってきて不安だ。でも働くのは難しい。医者や理容師や料理人は技術がないからできない。商店は元手がないからできない。自治体が雇用のために、自動化可能な仕事をあえて人間に発注しているものもあるが、現金払いではないから受けられない。金属や紙や廃品を回収してセルミラや商店に売るにも一日中歩き回ってしんどいし、どこに行けば・誰にアクセスすれば資材を入手できるのかといったノウハウやコミュニケーションも結構必要になる。時間効率のいい「稼げる」仕事はすぐに反社組織が間に入ってきてしまうから、ひたすら非効率な仕事しか残されない。

ワンピ女は働け働けと言う。難しいんだからしょうがない。僕は電気設計者で、経験は浅いが手に職はある。でも変に働いて記録に残って復職時にバレたら困るじゃん。

「えっ。あっちの社会に戻る気でいるの？」

「えっ。当たり前だよ……こんなクソみたいなとこにいつまでもいるわけないじゃん」

「クソはお前だ。クソたわけヒモ野郎。お前ずっとこの街をスラムスラムって馬鹿にして、ここに住んでる私らのことも馬鹿にしてるだろ。覚悟が足りねぇんだよ三浦ァ。戻れるわけないじゃん」

「なんでそういうこと言うんだよぉ……」

　僕はぼろぼろ泣いた。最近よく泣く。自分でも不思議なくらいだ。どうしてこんなに涙もろくなってるんだろ。別に、泣いて許してもらおうと思って泣いてるわけじゃない。ワンピ女は僕に顔を寄せて、涙で濡（ぬ）れたほっぺをひんやりした手のひらで包んだ。でも目が完全にやさしさゼロだった。

「三浦は、はめられたんだよ。システムに。だから戻れるわけないんだって」

　ワンピ女は淡々と説明を始めた。僕は「対象者」にされたんだって。対象者になった人間はバズーカのレートをゼロにされる。電子決済できず社会生活が奪われる。仕方なくセルミラに手を出す。セルミラおじさんから奇妙な提案を持ちかけられる。精液や卵子を売れと言う。現金が手に入る。政府は精子や卵子を手に入れる。

　脳がピカピカッと光った感じがした。点と点と点が繋（つな）がった。バズーカ・セルミラ・ジャクショ。この三者が手を結んで、ちょっと犠牲者を出しながらシステムを円滑に回してるんだ！　わざわざレートをゼロにするのは、遺伝的な多様性を維持しようとしているからだろう。ずっと同じ人がセルミラに精子や卵子を売り続けるのを避けるためだ。金持ちの家の子は金持ちになる、そんな経済格差の再生産がある。レートをゼロにしてこの再生産の輪を崩している。バズーカもバックドアが作られていることに気付いても、政府に恩を売っておく方が得策だ。僕は世界の仕組みを完全に理解した。

「働け――――――!!!」

僕は犠牲者の一人だ。ワンピ女は、そのシステムに組み込まれていないレアなセルミラおじさんとしてソーリを紹介してくれたらしい。確かにソーリは僕に「精液を売れ」と持ちかけたことは一度もなかった。

だから、とワンピ女は言った。三浦はもう社会復帰なんて無理なんだよ。ここで一生暮らすんだ、と言った。

でも働くのは嫌だなあと僕は思った。もう売れるものもないから精液を買ってもらえるかソーリに聞いた。

「買わないわよそんなもの」

僕が辿(たど)り着いた「真実」をソーリに説明したら、それには触れずにちょっと悲しそうな顔をした。

「レートがゼロになって日常生活が急に奪われたことには同情する。あんた以外にも、生まれてから住民登録がないせいでレートがない子や、犯罪歴のためにレートが低い人、どうしてもレートの生活に馴染めない人、色んな理由でバズーカの外で暮らす人がいる。あんたはよく『スラム』って言うけど、はっきりそういう街があるわけじゃない。見た目は何も変わりないけど、ひそかに現金で暮らしてる人達がいる。そういやあんたは『闇医者』と言っていたけど、あの先生は普通のお医者さんで、現金でしか暮らせない人も見てくれてるだけ。あんたもそんなことは、実際に生活してみてもう知ってるんだろうけど」

内臓も精液も売れない。もう売るものもなくて、現金が減るばかり。

「クソたわけヒモ野郎ッ！　働けーッ」

「あのー……僕のせいじゃないと思うんですけど……だってレートがなくなったのって、被害者なわけじゃないですか……。なのに、こんな生活で我慢して、もともと、約束した一日三百円でご飯とか、ちゃんとやってるのに、そういう言い方するのとか……意味分かんないんですが……」

ワンピ女は「ンゴオオーッ」と言ってがに股で足をめちゃくちゃに踏み鳴らした。

「とりあえずその話し方やめろ！　むかつくんだよ‼」

「そういうこと言われても困りますよ……最初っからこういうしゃべり方なんですけど……」

「違うだろ三浦ァ最初に会った時、話し方違っただろ。あれで話せ。ぐちゃぐちゃ言い訳並べるのも直るだろ！」

ここを追い出されたら本当にマズい。違う話し方ってなんだっけと必死で思い出していた。

「えっと……えー……わかった、ぽよ」

そうだった。ワンピ女と初めて会った時、自分でも理由は分からないけれどピッピ口調だった。それからあたしはピッピになった。この方が全然しゃべりやすかった。今まで気付かなかったけどあたし、話す時に他人に気を遣いすぎてたんだ。思ってることをピッピになったらすっきり言える。

ワンピ女は普段化粧を全然してなかったけど、オレンジに近い赤のマニキュアだけはいつもしてた。ワンピ女はあたしの手足の爪に同じのを塗ってくれた。ワンピ女がお湯を含ませたタオルであたしの手足を丁寧にふいて、あたしの手や足を持ち上げてマニキュアを塗るのを見てたら、こんな風に自分の体をだれかがケアしてくれるなんて、子供の頃に親にしてもらって以来なかったなと思ってとても懐かしい気がした。ワンピ女の手はとても小さかった。

そうやってあたしなんか元気になったじゃない？　頑張ろうって気持ちになったから、パパピッピに一度きちんと挨拶しようと思った。お金だってくれたんだし、そのあと連絡もしてなかったし。あなたの息子はピッピになって元気だょ？　って。自分の端末は通信費が払えずに使えなくなったから、人に借りてパパピッピに電話した。

パパピッピはピッピ度が進行してしまったのか「ぽよ～？」「ぽよ～？」しか言わなくなっていた。一方的に待ち合わせの場所と日時を伝えた。

いつか社会復帰しようと売らずに一着だけとっておいた紺のスーツを久しぶりに着た。他の服はもうボロボロだった。

「かっこいいぽよあたし」

部屋の中でそこだけ曇りなくピカピカな姿見の中、あたしの隣でワンピ女がピカピカ笑ってた。ワンピ女の笑顔なんて久しぶりに見たと思った。濃紺のスーツにオレンジのマニキュアが差し色になってかっこいいなって。

本当にちゃんと待ち合わせ場所に来てくれるのか不安だったけれど、パパピッピはもういた。ピッピ口調で話してマニキュアを塗ったあたしをパパピッピは受け入れてくれた。というより「ぽよ～？」「ぽよ～？」しか言わないから本当はよくわからない。

パパピッピは勝手にスタバの中に入ってしまった。あたしは慌ててついていってパパピッピの後ろに並んだ。てっきりおごってくれるのかと思ったらパパピッピは自分の分だけさっさと支払って店内へ行ってしまった。あたしは焦った。後ろにお客さんは並んでるし、店員も早く注文してほしそうな顔してるし、せっかくピッピになって自信がついてきたのにまた急に不安になった。ベンチィ。ダークモカチフラペチ。キャラメソ、チョコソ、チョコチ、ホィプクリム。注文したら自動認証が通って何事もなく支払えた。あたし動揺したじゃん。でも後ろの人も店員もみんな普通の顔してたからあたしもなるべく普通のふりしてベンチィ。ダークモカチフラペチ。キャラメソ、チョコソ、チョコチ、ホィプクリム。を持ってお席についた。

あたし何が何だかわからなくてドキドキしてパパピッピに、

「あたし今ふつうに支払えたんだけど何ぽ」

って言った。パパピッピは黙ってあたしの顔を見ていた。だけどあたしの目は見てなくて、あたしの顔をすかして後ろの景色を見てるみたいだった。何も見ていないのかもしれない。

「ぽよ～？」

あたし涙でてきたじゃん。子供のころからのお父さんの思い出がいっぱいでてきて、もうなんにもそのころのお父さんとはぜんぶ違ってて、もうお話もできないのかと思ったら、ぜんぶがかなしくなってきた。

パパピッピは黙ってる。二、三分後だったり十分も間をあけたり、特に何かに反応しているというわけでもなくランダムに「ぽよ～？」という音を発するだけだ。

それでもあたしはレートがゼロになってからの生活をパパピッピにひたすら話し続けた。

にわかに店内がざわついた。みんなが窓の外を見てる。指さしたり口に手を当てたりしている。店の外では大量の小型犬が走り回っていた。小型犬は歩行者に襲い掛かっていた。

「防犯チワワだ……」

誰かがそう言った。政府がテロ対策でサイボーグのチワワを開発しているというのは噂で知っていた。あたしがゼロの世界にいる間に実用化されてたんだ。窓の外で誰かが防犯チワワに食われていた。テロ犯なんだろうか。みんな端末を向けて記録していた。でもそれをネットにアップするとレートが下がることをみんな知ってるから、なんか反射的に記録してるだけだった。

「ぽよ～？」
パパピッピはたんに人につられただけという様子で窓の外に顔を向けていた。その横顔を見ながらあたし、いきなり脳がピッカピカに光り輝くような感じがした。ひらめき～。バズーカのレートが元に戻ったのって、あたしがピッピになったからかも。国はピッピの遺伝子なんていらない、セルミラでピッピの精液をゲットする必要もない、だからバズーカのレートが戻ったってこと？　四年前父さんが急にパパピッピになったのも、あたしと同じでレートがゼロにされて、それを戻すためだったたってこと⁇　やばーい。

「父さん、あのさ」

と期待もせずに呼びかけたら、父さんはこっちを向いて、しっかり僕の目を見て、ひとつうなずいた。

ワンピ女の家を出る支度をした。荷物はセルミラで売り払ってほとんどない。電子決済ができるようになっているか何度も確かめ、アパートも再契約した。ワンピ女は別にさみしくも嬉しくもなさそうで最後まで普通に出かける時みたいな雰囲気だったからあたしなんか言った方がいいのかなと思って、

「あんたこれ以上内臓売ったらヤバぽよ。ダメぽよ」

って言ったら、

「え？　内臓ぜんぶあるよ」

とワンピ女が言った。あたし、

「ヤダー。きゃるーん」

と言った。全部ウソだって。セルミラで内臓や人を売ってるって話も、政府が精子や卵子を買ってる話も、みんなウソだって。でもピッピになったことでレートが復活したのは事実だしどゆこと。

「三浦は生きてく覚悟足りてねえから、納得できるストーリーを用意してやったら自分で勝手に補強しだしたの面白かった」

請求書を渡された。五十八万四千円。家賃と光熱費と食費とサービス料と迷惑料。あたし貯金はあるけど現金にはできないから現物払いってことで、二人で人間の美容部員がいる百貨店の売り場でメイクしてもらって化粧品を色々買って、服も色々買って家電も少し買った。

「私は現金しか遣えなくて、普通の店には行けなかったから」

オレンジのかっこいいマニキュアも、商店にたまたま置いてあったから買っただけだったんだって。

去り際にワンピ女が何か言いたそうにしてた。

「あの挨拶って、三浦の世界で流行(はや)ってるの？」

ツリーのこと。あたしびっくりして、何言ってるの、あんたんとこの世界の挨拶じゃないのォってゆったら違うって。もうあたしすっかり「ツリー」って挨拶いたについちゃって、もともと何で覚えたんだっけって思い出してて、そうそう最初にワンピ女と出会ったあのお店のおじさんが言ってたんだってこと話したら、ワンピ女が「それは『お釣り』のことだと思うけど」と言って、なあんだ。じゃあ、

「ツリー！」

「ツリー！」

ってお互いに挨拶して、バイバイした。

元の会社に復帰してあたし、ピッピになったのはうつ病の治療でキャラが変わったたってことにして、みんなそういうもんだって分かってくれてかえって親しみやすいって受け入れられてる。

それから三ヶ月後に、バズーカから「ユーザーの皆さまへの大切なお知らせ」が届いた。ごく一部のユーザーのレートがリセットされる不具合があったという。元号が「イージードゥダンス」に変わったことによる影響だって。バズーカの日本進出時に「元号は漢字二文字」前提で設計していたための不具合だという。発生件数が少なく発見が遅れたのだと説明されていた。被害者が集団訴訟するみたいな話になってるらしい。

ピッピも関係なかった。でもせっかくなのでピッピは続ける。その方がいい気がした。

「大切なお知らせ」から二日後、ドローンちゃんが空からやってきた。ドローンちゃんが人工音声で「お手ェッ!!」とあたしに命令した。あたしが手を差し出すと、ドローンちゃんが透き通ったきれいなクリスタルを吐き出した。物理詫(わ)び石だ。台座もついてきた。お部屋にかざった。きゃるーん。

生命活動として極めて正常

課長はＰＣ社外持出し許可申請書に素早く目を通すと、机の引き出しから拳銃を取り出して脇に立っていた課員の眉間を撃ち抜いた。課員は課長の手が当然印鑑を取り出すものと信じて疑う暇もないまま死んだ。居室にいた私たちは射撃音と同僚の死に動揺したものの、しいてパソコンや書類に向かい続けた。課長は内線４６５０をダイアルした。

「生産管理課長の磯崎でございます。総務課の押上様をお願い致します。……押上様。お世話になっております。さて、当課の課員が一名死亡しましたため遺体処置申請書を送付しますのでよろしく処理のほどお願い致します」

次に課長は内線３８００をダイアルした。

「生産管理課長の磯崎でございます。工務課の田無様。お世話になっております。遺体引取りの依頼です。一名です。場所は１２２号館三階の生産部生産管理課居室です。急ぎではありませんが。総務へは連絡済みです。明日の十三時。承知しました。よろしくお願い致します」

一人残らず聞き耳を立てていた私たちは密かにため息をついた。ゆっくり物へと変わっていく同僚と明日の昼まで同じ部屋にいなければならないと分かったからだった。トイレから戻ってきた課員が死体に気付いて足を止めかけたが、速度を緩めないよう注意して自席についた。持出し許可申請も夕方に出していれば今日一日分の彼の仕事を埋め合わせずに済んだものをと私たちはふと思ったが、いずれ死ぬことには変わりないと思って冥福を祈った。書類に不備があったのか、気に入らない何かがあったのか、課長が彼を射殺した理由は私たちには分からない。明日は我が身と諦念に似た思いで私たちはめいめい、ワードやエクセル、アウトルックに向かい合っていた。

課長はもはや不要になった部下のＰＣ社外持出し許可申請書をシュレッダーにかけるため、自席を立った。それは一年半前、第四開発課長から生産管理課長へと異動した直後に職場予算で購入した物だった。短冊状に切るだけでなく、細かな三角形に裁断されるセキュリティレベルの高い製品だった。課長自らが購入手配をしたが当初、購買課は難色を示した。標準カタログにある機種を選ぶようにと指示された。しかし課長は拒絶、当課は機密文書取扱いの多い部門であり、カタログ記載の製品では能力として不十分だと答えた。しばらく経って希望した型番の製品が工務課物流係の者によって生産管理課へと届けられた。担当者から相談を受けた購買課長の心中で結局、コスト削減のためカタログ品の購入を推進している手前、例外を極力減らしたいという判断よりも、よその課長と無闇に対立などしたくないという感情が上回った結果だった。本日四度目の煙草休憩に立った課員が課長の背後を通りすぎた時、五十代の体臭と強い煙草の臭いが混じりあった空気が鼻について、課長は憎しみを込めた視線を課員の背に投げ掛けたが、すぐに視線を外して席に戻った。

誰それが死んだと一言告げさえすればすみやかに、アンオフィシャルなくせに厳然と揺るぎない課内プロトコルに従って総務課が手続きを進めてゆく。遺族への連絡、葬儀の打ち合わせ、社内システムからのユーザー削除に関するシステム部への依頼、その他。同時に死者を抱えた課もまた書類仕事を進めねばならない。発砲及び射殺通達書、遺体処置申請書、慶弔金申請書、リースＰＣ移管申請書、ソフトウェアライセンス使用中止通知書、ロッカー返却通知書、その他。課長は自らイントラネットのポータルサイトからそれらのフォーマットをダウンロードし、印刷して手書きで記入していった。几帳面(きちょうめん)な字でわずかでも書き損じたらシュレッダーで廃棄して書き直す。そんなつまらない場面で隙を見せたくないのだ。
慶弔金申請書に手をつける際に、課長は就業規則の第7章「慶弔見舞金」を確認した。

第4条　①従業員が業務上の事由により死亡した場合は、次により香奠（こうでん）、供物及び弔慰金を贈与し、葬儀費用は会社が負担する。

名目　贈与額
香奠　50，000円（各所属長名義に分割して贈与）
供物（社長、従業員一同）　その時の状況により適宜のものを供える
弔慰金　7，500，000円

それから「②従業員が業務外の事由により死亡した場合」の項に目を移して、その弔慰金が百二十万円であることも確認した。課長は受話器を取って内線4650を押しかけてやめた。総務課に確かめるまでもなくこれは「業務上の事由により死亡した場合」であった。部門予算ではなく全社予算から賄われる費用だから、部門長としては与り（あずか）知らぬ金額だとしても、会社の一員として、会社に無益な出費が発生したことに胸を痛めていた。
課長の席は一人壁を背にしているので私たちには課長のディスプレイに何が表示されていて、何の作業をしているのかは分からない。ただ、次の月の社内報の最終ページに訃報（ふほう）と追悼文が掲載されており、私たちは誰も手がけていないことから、少なくとも課長がいつかパソコンに向かってこれを書いたことは確かだった。

故　吉岡英知さんの逝去を悼む
（生産部生産管理課）

七月二十八日の朝、突然の吉岡さんの悲報に接し課員一同愕然としました。吉岡さんは二〇〇二年の入社以来、外注取引先への発注・納入管理の業務に一貫して携わってこられました。入社当初よりとても高い意欲で能力を発揮され、さらなる活躍を私たちも期待しておりました。またとても和やかな人柄で周囲を明るくするような方で、関係職場だけでなく社外の方々からも大変好かれていました。まだ若くこれから仕事もプライベートもますます充実されていく矢先のことで、ご家族の失意を思うと悔しくてなりません。吉岡さんのご冥福をお祈り申し上げます。

生産部生産管理課　一同

吉岡さんはＰ職二級で昇格試験に合格し先日Ｌ職五級になったばかりだった。課長はその点にも追悼文で触れようかと思ったがやめ、弔辞で触れようかとも思ったがそれもやめ、ただ「優秀な人材を失い、慙愧に堪えません」としかけたが念のため電子辞書を取り出して意味を調べたところ〈ざん‐き【慙愧・慚愧】①自分の行為を恥じて、その罪深さなどにおそれおののくこと。「――に堪えない」〉とあったため、「遺憾の極みです」と修正して葬儀をつつがなくやり過ごした。工務課が手配した業者による清掃も済み、これで課長の気掛かりは自身のＭ職一級からＧ職への昇格試験のみとなった。部長職を熱望しているつもりはなかったが、試験を受けさせられて落ちれば、受かった者と比べて惨めさを味わうし、どうせなら受かりたいというのは階級社会に投げ込まれれば多くが巻き込まれる思考だった。

宮島様
お久しぶりです。磯崎です。
前回の同期会から半年ほど経ちましたので
そろそろまた開いてはどうでしょうか。
いつも宮島君に幹事を務めてもらって申し訳ないけれど
もしできればまた開催案内を出してくれないかな。
忙しいようなら僕の方から案内しても構いません。
検討してもらえると嬉しいです。

磯崎

傲慢な気がして開催通知を自分が出してもよいと書き加えたものの、実のところ宮島から発信してほしいと課長は考えていた。従前宮島が企画してくれていたのに突然自分が幹事をかってでるのは奇異に思われるだろうし、意図を勘繰られるのも癪だった。課内に死者を出した件が昇格に影響を与えるのかどうか、情報を集めようとしていると思われるのは耐えがたかった。

メンバーは三年前の二十五年次研修で再会した同期入社の者たちだった。早い者はすでに部長に昇格し、一方でP職に留まって一担当者として過ごしている者もいた。あるいは労働組合で専従の後に課長として復職した者、あるいは現在子会社役員の者。課長にとって意外だったのは、初年度に一緒に研修を受けていた頃の優秀／無能の印象と、二十五年経った現実の昇進とがほとんど無関係であったことと、さらに昇進の度合いと幸福度にさほど相関がなさそうに見えたことだった。

ただ、平社員の者が、あえて自分を卑下したり、もしくは自ら望んだ仕事なのだと言い立てたり、会社組織への恨み言を並べたりする様はかえって、昇進の差に恥辱を感じていると証(あか)し立てているようで痛々しかった。残酷な研修だと思う一方で、この場で課長としての自身がそうした階級社会からくる無益な劣等感と無縁でいられることに内心で安堵(あんど)していた。

二十五年次研修で再会した同期のうちで、当日同じ班になった者を中心に、他に個別の知り合いも加え、同期会と称して半年程度の間隔で宴会を開くようになった。今回も首尾よく宮島が幹事を務めて、まるで何でもない風に昇格試験の話を切り出したところ周りがその話題でひとしきり盛り上がって、課長が何も言わないうちに、死者を出すことはあまり関係がなく周囲の部長連中の覚えが主要因だと分かって、課長は安心した。

一課員であれば何かのついでに、もしくはいっそ特段の用事がなくともよその職場を訪れて世間話を交わすこともできる。しかし課長には自ら別の職場に赴く用もあまりなく、用もないのに訪れるのはあまりに目立つ。あるいは喫煙者であれば喫煙所で世間話を交わせても課長は非喫煙者だった。それで噂にはめっきり疎く、法務部が動いているという話を課長が知ったのも遅く、課内定例の前に私たちが雑談しているのをたまたま耳にして知った次第だった。

遺族が会社に調査報告を要求していた。噂に聞いて以降、課長は同期その他のツテを頼って情報を集めた。調査は法務部コンプライアンス推進室が当初単独で進めていたが、総務部労務管理課も加わり、さらに法務部法務課が主導するに至って訴訟の近さを予感させた。肝心のＰＣ社外持出し許可申請書の内容はもはや、原紙は高性能のシュレッダーにかけられ、元データは死亡した課員のリースパソコンが既にハードディスク上のデータを消去された上で情報戦略部第四技術課リース管理係へと返却されており、まるで失われていた。法務課による調査の過程で生産管理課員へのヒアリングや、書類や電子データのコピーが行われたりして、経験のない事態に私たちも浮き足立っていたが、できる限り何食わぬ顔でワードやエクセル、アウトルックに向かい合っていた。

課長への処分の見通しは立たなかった。それは不正の所在にのみ関わる話ではなかった。第一に社としての決定がどちらに転ぶかによるところが大きかった。この射殺を是と決めれば課長への処分を下すのは筋が通らないし、非と決めれば苛烈な処分を下さなければ筋が通らない。日本の企業が世間を内面化した末に個人へ責任をとらせるあり方としては両極端しかあり得なかった。かてて加えて、現法務課長がつい二ヶ月前に契約支援室長から部内で横滑りしたばかりである点も隠微な影響を与えていた。新任の課長として初めてのルーチンとは異なるトピックだったから、新しい部下たちに自身の存在感をこの際示そうとしていたし、ついでに法務部長への昇進にも上手くすれば有利に働くかもしれないと思われていた。法務部内では知的財産課長と法務課長が目に見えて優秀で、内部昇格があるとすればこの二人のいずれかだと自他ともに認めていたところだった。ここは法務課長にとってのアピールポイントであることは間違いなかった。法務課長当人は昇進に執着する人物でなくとも、意識から追い出すのは困難だった。こうした見立ては私たちも、課長も、それぞれ別のルートから感触を得た上で同様に持っていた。

もはや法務課長個人が、揃った材料からどのようなストーリーを組み立てるかだけだった。法務部長も本部長も仮に話が上がったところで細かな穴を埋めるよう指示するだけで話の方向を決めはしないからだ。

課長はふいに席を立って居室を通りながら、

「じゃあ、いってきます」

と私たちに言った。私たちは、

「あ、いってらっしゃい」

と言った。

どこへ行くかは聞いていなかった。課長はホワイトボードの所在掲示板の最上段、「磯崎」のマグネットの隣に、「外出」のマグネットを貼って「国際展示場」と書き入れた。課長が居室を後にしたのを視界の端で見届けてから私たちは素早くブラウザを立ち上げ、国際展示場のイベント開催予定を見た。しかしどの会場でも今日は業務に関係するような展示会は行われていなかった。課長は守衛所で社員証を呈示し外出届を提出した。徒歩で駅へ向かった。昼すぎは日がまだ高く汗ばむ陽気だった。通勤／退社時間帯ではないホームに人はまばらだった。電車が到着し、開いたドアをくぐった直後に、背後から「磯崎」と呼ばれて課長は振り返った。後ろに人が並んでいたとは気付かなかったし、名前まで呼ばれて意外だった。名前を呼んだ男はまだホームに立っていた。その男の顔に課長は心当たりがなかった。眼は窪んで洞穴のように黒く、彫刻刀で削り込んだように深く硬い皺がいくつも走るその顔を見て、単純作業労働者の男と推断して軽蔑した。課長はいつでもそうやって無自覚に人を二分しているのだ。課長は男に眉間を撃ち抜かれて死んでいた。男が同期だと気付かないまま磯崎さんは絶命した。工務課処置係のその顔は、磯崎さんと同じ日に入社してからまるで別の道を辿った四半世紀を越える「処置」業務の積層そのものだった。男はこの後帰社して処置依頼申請書に処置完了日を記入し、工務課長印の捺されたところで発行元部門へと原紙を返送、写しは工務課にて保管されることになるだろう。ドアが閉まり電車は時刻表を正確に反映して発車した。営業部付となっていた元第二営業課長が新たな私たちの生産管理課長に着任する人事異動が、既に発令されていた。

踊れシンデレラ

シンデレラが洗濯をしていると、二階の方からかすかに呼ぶ声が聞こえてきました。洗濯物を桶の中に素早く放り捨てると猛ダッシュで階段を駆け上がります。途中のドアの隙間から義姉たちが笑って見ているのに気付いていましたが、そんなことを気にしている暇はありません。

「シンデレラ！　シンデレラ！」

「ッサッス！」

シンデレラは一瞬で義母を観察し、今はどうも機嫌が悪いらしいことを正確に読み取りました。義母の気分によってその日の自らの待遇が大きく変わるため、正確に察知する能力がすっかり身についてしまいました。

「遅い！」

「ッシャーセンッ‼」

「声が小さい、なめてんのか！」

「ヘアッツ、ッシャーセンッッ‼」

バシッと義母からいきなり平手打ちを喰らいましたが、シンデレラは仁王立ちのまま微動だにせず義母の顔を見つめたままです。

「腹から声出せ！」

「ヘアッッ！」

そしてまた平手打ちです。これを何度も繰り返しました。

「外周行ってこい！」

「ッサァッス‼」

シンデレラはお屋敷のまわりを一周、全力ダッシュ決めました。走りながら（くっそ義母マジで殺すし）とシンデレラは思いました。そして再び義母の前に立ちます。

「外周オワッシタッッ‼」

「じゃあこの洗濯物も追加でやっとけ」

「ッサッス！」

大量のタオルを受け取って階下へ降りると、物陰から急に義姉が飛び出してきました。

「ヴェアーッ」

「うわっ」

そうやって驚いてタオルを床にぶちまけたシンデレラを見て義姉は満足そうに、

「デヘッヘヘッヘ」

と笑っていなくなりました。シンデレラは（マジなんなんだし）と思いながらタオルを拾って再び洗濯に取り掛かりました。洗濯のあとは掃除、そして炊事です。その間ほとんど水を飲ませてもらえません。

「テッメ、オラ、飯、ナンダオイコラ！」

「ッシャーセンッ！」

義姉たちはいつも食事に文句をつけるくせに猛スピードで食べきってしまうのでした。シンデレラはいつも余り物を食べています。しかし四人暮らしで八人分を毎食こしらえているので余り物といってもかなりの量があります。

「おい残すなー。体でかくなんねんだろー」

「ッサッス！」

いつも限界を超えて食べさせられて、シンデレラは時々屋敷裏でこっそり吐いています。

その日は義母も義姉たちも出かけていました。シンデレラはかつて自分のものだった、今は義姉たちの部屋に久々に入ることができました。

「っひょー。マジか」

ワードローブを開くと、きれいなドレスが何着もありました。そのうちの一着を手に取って、鏡の前で体にあわせてみました。シンデレラはうっとりとして、自然に体がゆったりとダンスのステップを踏んでいました。部屋の中をくるくる回るうちにかつての幸せだった日々を思い出しました。優しかったお母さんはダンスがとっても上手でした。シンデレラがせがむといつもにっこり笑ってダンスを教えてくれたものです。何時間でもシンデレラに付き合って、基本のステップから複雑なステップまで丁寧に教えてくれました。

実母が亡くなり、父が後妻を迎え、その父までもが亡くなってからというもの、義母は彼女の実子たちだけにダンスを教え、シンデレラにはひたすら外周を走らせるばかりでした。しかしシンデレラはお母さんから教わったダンスを決して忘れません。いつも義母や義姉たちが寝静まった後、屋根裏にあてがわれた部屋の中で自主練をしているからです。今こうしてかつての自分の部屋で、きれいなドレスを身にあてて、お母さんが教えてくれたダンスを踊っていると、本当に昔にかえったような気がしました。

そうしてついシンデレラは時間が経つのを忘れてしまったのです。帰ってきた義姉たちに見つかってしまいました。

「ッダア、オンメ、ダッラ、ンノローッッ‼」

「ヘッ、ッシャーセンッ！」

義姉はどすどすシンデレラのケツを蹴り上げてきます。

「シャーセンシャーセンッ！」

「オンメ、シャーセンザーロ、イエーッ!! ザッケンヌーヮ、バーロ、オッラオッラッ!!」

「ヌーヮヌーヮ」

「ッシャーセンッ！」

義姉たちがぴたっと口を閉じてケツを蹴り上げるのをやめて直立不動になりました。シンデレラもそれを見てほとんど反射的に直立不動になって向き直りました。義母がドアを開けて入ってきました。

「お前らー？ 騒いでんじゃねーよ」

「ツァッ、こいつうちらのドレス勝手に着てたんスよシンデレラなのにオッス」

「あー？」

義母は巨軀を持て余すように緩慢な動きでベッドに近づきました。その間シンデレラも義姉たちもみな直立不動のまま、顔もまっすぐ前を見ていますが、視界の端で義母の動きを注視していました。義母はベッドに置かれたドレスを手に取り、「ふーん」と関心なさそうにまたふんわりベッドに捨てました。それからまたゆっくりシンデレラの前までやってきて、いきなりシンデレラの足の甲を踏みつけて胸倉をつかみ、

「食いしばれオラ」

と言い終わらないうちに猛烈な平手打ちの一撃をシンデレラの頰に食らわせました。その瞬間胸倉をつかんでいた手を離し、しかし足は踏んだままだったため、シンデレラは足元を中心に円弧を描くように背中から床へ倒れました。一連のアクションはわずか〇・八秒で完了しました。

「外周だよ」

ほとんど飛んでしまった意識の向こうで、シンデレラはその言葉をぼんやりと聞きました。

「外周五十本だよ早く行け馬鹿野郎！」

「ヘッァ、ッサッ!!」

頭が動くより先に体が言葉に反応してシンデレラはもう飛び上がっていました。その後シンデレラは途中で吐きながらも外周五十本をこなしましたが、本人にはその日の記憶がまるでありませんでした。


その知らせはシンデレラにとっても心躍るものでした。王子様が舞踏会を開く、しかも誰もが参加できるといいます。

「お前その格好で踊るつもりか？」

「ヘァ!?」

「クーッフッフ。クーッフッフ」

義姉たちはうろたえているシンデレラを嗤（わら）いました。せめて応援だけでもいいから連れて行ってほしいと懇願するシンデレラを義母はにべもなくはねつけました。

「補欠の応援なんか士気が下がるだろ」

そして当日、義母と義姉たちはシンデレラを残してお城へと向かいました。シンデレラは一人、お屋敷の外周を何周も何周も自暴自棄になって走り込みました。それでも気持ちがおさまらず、庭の真ん中で土の上を踊り狂いました。それは原始的な踊りで、とても力強く、地味でぼろきれのような衣装と相まってさながら大地の女神とでもいった風情でした。

「あんたは舞踏会には出場せんだかね」

そこに現れたのは地元ファンの老婆でした。老婆は地元ファンなので勝手に敷地内に入り込ん

できます。シンデレラはただちに停止し、

「オシャアッス！」

と大声で挨拶（あいさつ）をしました。老婆は歯が五本しか残っておらず、その五本も黒ずんでおり、歯が少ないせいで顔が歪（ゆが）んでいました。笑っているのか泣いているのか分からない表情をずっとしています。

「あんたは行かんだかね」

「ヘァッ……私……試合に出るためのユニもないし……合宿へ行くバスもないんで……」

「おらは前の奥様のことも、知っとるだ。あんたが誰よりも練習しとることも、見とった」

老婆はド汚い家電量販店の紙袋の中から、現実離れした美しさのレース生地を取り出しました。広げるとそれは一着のドレスでした。繊細なドレスは紺碧（こんぺき）にもまた深紅にも見える、まるでその向こうの宇宙を思わせる空の深さのような不思議な色をしていました。

「おらが編んだだ。着るだ」

それから老婆は靴量販店のボロボロの箱からガラスの靴を取り出しました。

「ギヤマンの靴を履くだ」

シンデレラの素足に吸い付くようにそのガラスの靴はフィットしました。かなり高いピンヒールでしたが、まるで最初から履いて生まれてきたような履き心地でした。シンデレラは思わずステップを踏んでいました。どこまでも軽やかでドレスも靴も驚くほど忠実に持ち主に従ってきます。

「靴はええだが、ドレスはあんたのダンスに三時間しかもたねえだ。生地も薄いし丈夫には作れなんだだな。よぅくそこんとこ忘れねえようにするだ。ちょっとここで待ってるだよ」

老婆は軽トラの名車、スバル・サンバーを駆って現れました。

「乗るだ」

シンデレラは軽トラの助手席に乗って、移動中にフルメイクを完成させながらお城へ向かいました。

ボールルームの入口に立った瞬間シンデレラは、一〇〇メートル先の真正面から自分を射貫くように捉える目と対峙しました。それが王子様だと即座に理解しました。王子様はまばたき一つせず、トリガーを引く瞬間のスナイパーのように、すでに殺すことが決まっているとでも言いたげなその視線を無表情に、無遠慮に注いでいました。シンデレラはまるで臆することなくその視線を受け止めています。

舞踏会が開かれているとは思えない異様な雰囲気でした。音楽もなく、数百人を超す客たちが咳払い一つせず、無音がそこにありました。王子様とシンデレラは全く同時に、真っ直ぐ、恐ろしい速さで中央へと歩き始めました。鋭いガラスの靴音が全員の耳を刺しました。二人が衝突するかと思われた瞬間すでに、二人は体を合わせてダンスの型が決まっているのでした。その場にいた全員にとって宇宙の全体が静止したように思われました。そして地獄の底から響くようなコントラバスの一音目が鳴ると、午後九時ちょうど、二人は完全なステップを開始し、それは一切のずれも乱れもなく、かつあくまでなめらかでした。動きが無理に大きいわけでもせわしないわけでもないのに、あちらの端にいたかと思うとこちらの端まで移動して、もはや二人はわずかに地上から浮いているのではないかと思われるほどの動きでした。音楽に合わせて踊っているというより、音楽が二人に合わせてついていく有り様でした。他の客たちはダンスに参加することもなく、最後の審判を受けるかのような顔で二人を呆然と見つめ続けていました。

パターンが決まっているようにも見えながら、一巡するとそれはすでに違うパターンへと移行するさまは、万華鏡のようでした。外周を何本も走り込んで鍛えられた強靭な下半身が、亡き母から叩き込まれた正確なフォームを完璧に支えています。シンデレラにとって驚きなのは、王子様の圧倒的な技量と筋力でした。密着してその背に手をまわしてみれば、固く張りつめた筋肉が柔軟に躍動するさまが直に伝わってきました。シンデレラにとって男の体に触れてその力強さを感じるという経験は父親が亡くなって以来絶えてなかったことでした。どこまでも容赦ないステップの嵐の中で、シンデレラはぎりぎりついていっています。ほんの少しでも油断して振り落とされれば呆気なくこの王子様は私を捨てるだろうという確信がシンデレラにはありました。すでに二時間あまりが経過していました。演奏者たちもほとんど意識を失いかける中で必死に演奏を続けています。床に仕込まれた謎の鉄板が二人のステップに反応し、天井の高輝度フルカラーLEDを発光させ、ミラーボールに反射した極彩色の光がボールルームを満たします。参加者のつもりがすっかり観客に成り下がった者たちは、この悪夢に似た空間に耐え切れず無意識にうめき声を上げ始めます。数百人のうめき、その周期のズレの積層が独特のうねりとなって壁を揺らします。

シンデレラは恍惚の中にありました。しかし決して時間を忘れていたわけではありません。極めて精確なステップのリズムが秒単位で時を刻んでいました。それでもこの体が引きちぎれそうな激しさが永遠に続けばいいと思いました。

ドゥヌ――――ン……ドゥヌ――――ン……

零時の鐘の音でした。その瞬間、シンデレラのドレスがくす玉のようにおめでたいかんじではじけ飛びました。ダンスも、音楽も、光も、うめき声も、すべてが止まりました。零時の鐘の音の余韻、かすかな振動だけが残っていました。シンデレラはボールルームの真ん中で、全裸の仁王立ちでした。鍛え抜かれた筋肉の陰影がまるで彫像のようです。

「ッッシャーセンッ!!」

シンデレラは全力で逃げ出しました。金色の腋毛と陰毛が豊かになびきました。

「追え」

王子様が冷厳に言い放つと、兵士たちが一斉にシンデレラを追いかけました。しかし外周で鍛えたシンデレラの脚力に勝る兵士はいません。

「乗るだ！」

お城の前にはサンバーが乗り付けていました。お城の大階段の中ほどからシンデレラはジャンプしました。踏み込んだ拍子に右足のガラスの靴が脱げてしまい、シンデレラはサンバーの荷台へ腹から落ちました。兵士たちは軽トラの荷台の上の、引き締まったでかいシンデレラのケツを眺めていました。

「振り落とされるでねえだよ」

違法改造された老婆のサンバーに追いつける者はいませんでした。鷹揚な足取りで表に現れた王子様は去りゆく軽トラの影を見送ってから、ガラスの靴を手に取りました。隣には大臣が控えています。

「捜せ」

「は……ではその靴に合う足を持つ女を……」

大臣が言い終わらないうちに王子様は片手でガラスの靴を握り潰し、こなごなにしました。

「不要だ。踊れば分かる」

翌朝、「私こそが」と主張する女たちが城の前に列をなしていました。王子様はいきなり一人目を抱き寄せました。一人目の女は眼をうっとりさせたかと思うと、すぐに瞳孔が開き切り生気を失いました。王子様の腕力に耐え切れず背骨が折れて死にました。

「話にならない」

恐怖にかられた二人目以降の女たちは蜘蛛の子を散らすように逃げていきました。

「困ります。長年応援して下さっている地元の方ですから大目に見てきましたが、今後は出入り禁止とさせてもらいます」

そう義母に言われた老婆は口をもぐもぐさせただけで何も言わず立ち去りました。シンデレラは規律を乱した罰として屋根裏部屋への謹慎処分を受けました。さらにドレスを勝手に着た罰として、着るものを何も与えられませんでした。しかしシンデレラにとってそれは些細なことでした。圧倒的な世界レベルを知ってしまったのです。走り込みだけでは不十分だと痛感してさっそく体幹トレーニングに励みました。さらに自身の肉体に最適化したステップの修正にも取り組みました。

「ダラァーッ、バーロオメー、オッラオッラ!!」

天井から響くシンデレラの騒音へ、怒り心頭に発した義姉たちが怒鳴り込みましたが、シンデレラはその抗議を無視してにじり寄ると、

「組手オナシャス」

とすごむように言うのでした。誰かと組んでステップを確認する必要を感じていたからです。気圧された義姉は思わず踊りはじめのポーズを取りましたが、シンデレラに触れられた瞬間、満ち満ちた気力に（殺される）と感じて腰が砕けてしまいました。

「ソーヒッヒ」

義姉はほうほうの体で屋根裏部屋から逃げ出しました。この一件以来、義母も義姉たちもシン

デレラを恐れるようになりました。天井から遠慮なく響く物音に彼女たちはノイローゼになりました。シンデレラは睡眠のリズムが極めて独特なため、昼夜問わずほとんどランダムにいきなり強烈な物音を立てていました。

そのころ王子様は各地へベテランスカウトマンを派遣し探索にあたらせていました。そのうちの一人が道を歩いていたところ、脇道から飛び出してきた軽トラに轢かれました。

「あんたが捜してる女ァそこだぁ」

軽トラの窓から老婆が身を乗り出して一つのお屋敷を指さしました。ベテランスカウトマン(さいわい肋骨を二本と鎖骨を片側折っただけですみました)がお屋敷を訪ねると母娘が現れました。娘たちはスカウトマンと軽く踊りました。スカウトマンは骨折の猛烈な痛みに耐えながら踊りましたが、すぐに捜していた女ではないと分かり落胆しました。そのとき突如ひどい騒音が上から響いてきました。

「あれは?」

母娘は演技ではない沈鬱な表情を浮かべ、母親が苦痛に満ちた声を絞り出しました。

「あれは……妄執に取り憑かれた娘を仕方なしに閉じ込めているのです」

お城に帰り着いたそのスカウトマンがことの顛末を報告するあいだ、王子様は獰猛な目つきで黙って聞いていました。

「車種」

「は?」

「お前を轢いた軽トラの車種はなんだ」

「スズキのサンバーです」

それを聞くと王子様はショットガンを手に出立されました。王子様はその田舎のお屋敷のドアを予告なしにショットガンで吹き飛ばしました。壁際でおびえきっている母娘を一顧だにせず二階に上がると、さらに天井をショットガンで撃ち抜きました。天井には大穴が開き、銃声の余韻が消えると静寂が訪れました。

「降りろ」

天井の穴からかたまりが落ちてきました。その「かたまり」はゆっくりと開きました。全裸生活の寒さに適応し、自主的に発達した金色の陰毛と胸毛が、腰まわりと胸まわりをやわらかく覆いつくしてさながらビキニスタイルの水着のようでした。髪も伸び顔半分が髭(ひげ)に埋もれ、目だけが覗(のぞ)いていました。

「お前だな」

二人がわずか一歩踏み出すと二メートルの距離が消滅して合体した瞬間、

ガズウィ―――ン

という音が楽器もないのに鳴り響きました。つよい視覚情報によって脳の聴覚領域が刺激を受けたことで、全員「存在しない音」を聞いたのでした。この瞬間、シンデレラの全ての体毛がはじけ抜けました。

ドゥン　ドゥン

みんなの脳が勝手に生み出すベース音のリズムに合わせ、窓から入る陽の光を受けてキラキラと煌(きらめ)く金色の毛が部屋中を舞うなか、二人は圧倒的なパワーでダンスを展開しました。それはみんなにとって永遠に続く死後の責め苦のようでしたが、実際にはわずか二秒の出来事でした。

「さらに強化したようだな」

シンデレラは声も出さずにあふれる涙をぬぐうこともせず、大きな目をぱっちり開いて王子様を見上げていました。全力でも足りないくらいに誰かと踊るよろこびに、うちふるえていました。

「僕の城へ来い。一生鍛え直してやる」

「ヘッ、ヘァッ‼」


新入プリンセス歓迎会ではシンデレラの他に五十人の新入セスがいました。シンデレラは先日全体毛がはじけ飛んだあと、今はザラザラの坊主頭になっています。他の新入セスたちもみな坊主頭です。壇上の王子様がマイクも使わずに絶叫しました。

「この中で女王は一人だけだ！　お前たちは今まで地方でちやほやされていたかもしれんが、全国はそんな甘いもんじゃない。ついてこられないやつはすぐに落とす。死ぬ気で這い上がってこい‼」

会場が水を打ったように静まりかえりました。王子様の隣にいた大臣が、

「返事ィッ⁉」

と促すと、

「ッザァッッ！」

と声が振動だとはっきり分かるほどに空気がビリビリしびれ、天井や床、壁に反射するのをみなが感じました。一人一人は「ハイ」と言ったつもりでしたが、五十人が一斉に声を張り上げたものでしたからそんな風に聞こえたのでした。

シンデレラは（強豪城マジやばい）と思いましたが、その両眼は闘志に燃え上がっていました。

老木の姫

【1】

僕はかわいい。

今日も僕はかわいい。

よし！

鏡の前で、はっきり声に出して、パンと頬を両手でたたいたら、もっちりした白い肌がはじけた。

優希（ゆうき）（78）のモーニングルーティンだった。

【2】

住宅型有料老人ホーム「サテーンカーリ崎宿（さきじゅく）　参番館」に新たな入居者が加わった。

新入居者は身長が一八五センチメートルあり、骨格と筋肉もかなりがっしりして威圧感を与えていた。旭（あさひ）（72）といった。表情も言葉数も乏しく、ますます取っ付きにくい印象を他の入居者たちに与えた。

皆が遠巻きに様子を窺（うかが）う中、冬児（とうじ）（82）が先陣を切った。冬児は旭をカラオケに誘った。

「歌恥ずかしいか？」

と無理強いはしない姿勢を冬児は見せた。

「カラオケ」と聞いた瞬間、他の入居者たちの目の色が変わった。旭は、T.M.Revolution の

「HOT LIMIT」を選曲した。

「YO！ SAY，夏が 胸を刺激する」

真冬だった。

旭は原曲キーよりやや低く歌い出したが、瞬時にキーの自動調整機能が働き、音の外れとしては認識されなかった。

入居者たちは、タンバリンや手拍子などで盛り上がったりもせず、異様な熱量で歌う旭を凝視した。中には手帳に何かを熱心に書き込む者もいた。旭は踊りもせず、仁王立ちで、リズミカルな曲調に似合わないたっぷりとした声量で「HOT LIMIT」を歌い上げていた。

身じろぎもせずステージ上を凝視する観客と、恵まれた体軀をさらに堂々と見せて歌い上げる男とで、一種宗教的な荘厳ささえその場に立ち現れた。

やがて歌が終盤にさしかかると、入居者たちは手元の紙片に何かを書き込み始め、それをロボットの職員が回収していった。

最終盤にある「ダイスケ的にも オールオッケー！」の箇所は、しっかり「アサヒ的にも」と自分の名前で歌い替えていたが、誰も何も気にしなかった。

歌が終わると、「超精密採点」の結果がスクリーンに表示された。89点、なかなかの高得点だった。

点数が表示された瞬間、一人の入居者が「ウォーッ」と叫んで立ち上がった。それを羨ましそうに見上げる入居者、悔しそうな顔をする入居者もいた。奇妙なリアクションのあと、改めて皆がステージ上の旭に拍手を送った。

入れ替わりに別の入居者が歌い始めた。ＮＥＷＳの「チャンカパーナ」が選曲された。旭はその歌自体はさほど知らなかったが、二〇一三年に発生した「パーナさん事件」を思い出していた。

冬児が、

「旭は歌が上手（うま）いんだな」

と労（ねぎら）った。そしてＡ６サイズの紙片とペンを旭に手渡した。

「ここに採点予想と、賭（か）けポイントと、自分の名前を書くんだよ」

と説明した。旭はそれだけの説明で、先ほどの入居者たちのリアクションの意味をただちに理解した。

「新しい入居者には、１０００ポイントが割り振られるから、その範囲でいくら賭けるか決めてくれ」

カラオケステージの脇に、電子ペーパーで「カラオケランキング」が張り出されていた。旭は最初、カラオケの採点を集計したものかと思っていたが、今の冬児の説明で、それは採点予想で獲得したポイントのランキングなのだと納得した。ポイントの単位として「ＳＰ」とあるのは、さしずめ「サテーンカーリ・ポイント」か何かの略だろうと思った。

「チャンカパーナ」はさして上手いとは思われなかった。音を外している気もしたが、原曲を旭は知らなかった。

旭の前にいる者が、手帳に何かを書き付けていた。予想点と実際の得点、歌の特徴、彼独自の採点メソッドなどを書き込んでいるようだった。

旭は予想68点、賭け点１００ＳＰとし、書き方に問題ないか冬児に見せて確認した上で、ロボの職員に渡した。

採点結果は「68点」だった。

「うわっ旭、的中じゃん！」

と冬児が大声を上げるから、入居者たちの視線が一斉に旭に向いた。その回は、旭の他に的中者はいないようだった。

「いくら賭けたんだ」

「やっぱあるんだな、ビギナーズラック」

「100SP？　もっといきなって！」

「バカ、そんな賭け方するからおめーはランク外なんだよ」

などと旭の周りで入居者たちが盛り上がった。

「チャンカパーナ」の歌い手に旭が礼を述べると、彼は恐縮しながらも妙に嬉(うれ)しげだった。

旭は、このカラオケ採点予想は、賭け事には違いないが、悪くないシステムだと感じた。普通のカラオケであれば、下手な歌を聞かされれば盛り上がりに欠けたりする。だが賭けのおかげで、歌わない者たちも真剣に聞く。下手な者でも萎縮(いしゅく)せずに好きに歌える。

負け続ければポイントは枯渇するのか、何か救済策があるのか、レートは変動するのか、新規の参加者でもランキング上位に入れるような調整があるのか等々、このシステムへの疑問はいろいろと湧いたが、「習うより慣れよ」だと、さしあたり旭は分からないなりに参加してみたのだった。

このカラオケのおかげで、入居者たちに早く溶け込むことができた。

すでに一時間が経過し、旭を含め八人が歌い終わった。さすがに老人たちだけあって、歌わずに聞くだけでも疲労が見られ始めた。

ロボの職員から、本日のトリが宣言された。

最後の歌手がステージに上がると、老いて疲れていたはずの観客たちの空気が、一気に色めき立った。

ステージに立ったのは優希、選曲は松浦亜弥（まつうらあや）の「Ｙｅａｈ！ めっちゃホリディ」だった。旭は、これも夏の歌だ、と思った。

観客の様子がこれまでとは全く違っていた。採点を予想する姿勢ではなく、一挙手一投足を見逃すまいとするような熱心さだった。

ほとんどイントロはなく、いきなり歌が始まる。

「Ｙｅａｈ！ めっちゃホリディ ウキウキな夏希望」

老人たちが立ち上がり、「オホォーッ」「ヌォーッ」と歓声とも叫びともつかない声を上げる。車椅子の入居者までが立ち上がった。

あややの振り付けを、優希は踊りこなしていた。


ステージには装飾が施されているわけでもない。ライティングもない。しかしアイドルのライブに来たような感覚が、旭の身体に満ちた。

優希はハーフパンツにスウェットという軽装だった。真冬だが十分な暖房でその程度の服装の入居者も多い。素肌の足は白く、もっちりとして、美しかった。

旭は混乱していた。老人ホームに入居したはずだった。なのに熱狂的な老爺（ろうや）のステージを見せられている。これは、何だ、と思った。今見ているこれは、二〇〇〇年代前半に全盛期を迎えた頃のあややに、引けを取らないのではないかという思いに駆られた。そんなわけがあるはずもない、あややは、（旭当人は特にアイドルに夢中になった経験はなかったが）当時、日本全国を席巻したトップアイドルであり、それに匹敵するなど、思い違いも甚だしい、と頭で否定した。

しかし、心が、その輝きを否定できなかった。


旭は、優希を完璧だと思った。「完璧」とは、ダンスにキレがあるとか、トレースが正確であるといった意味ではなかった。

自分自身がどう見えるかを完全に把握し、コントロールできているのだと思った。「かわいさ」の魅せ方を知っているのだと思った。


四分間のステージが終わった。誰も採点予想の紙を書かなかった。採点結果の表示もなかった。全員が、このステージをただ見るためだけに、ここにいた。

優希はうっすらと汗をかいて、艶やかだった。

「姫なんだよね、優希は。このホームの、姫」

冬児は、放心している旭を見て、なぜか満足げだった。

「姫……」

旭は、ステージの上の優希を、呆然と見つめていた。


【3】

サテーンカーリ崎宿 参番館の入居者は、三十三名中三十二名が男性だった。
優希は、この老人ホームの「姫」だった。男で、老人だったが、姫ポジションにいた。

女子校には王子、男子校には姫ポジションの生徒が生じ得る。高身長でイケメンの女子生徒が他の女子生徒の憧れの対象として王子になり、背が低く容姿の愛らしい男子生徒が他の男子生徒から可愛がられる姫になる。サテーンカーリ崎宿 参番館でも似た現象が起きたのだった。

サテーンカーリの職員は、センター長のQを除き、全てAI搭載のロボットだった。
Qは巨軀の女性で、三十代後半～四十代前半と思われた。出身地や年齢、経歴、家族構成、趣味、その他一切の彼女の個人的な事柄を、入居者の誰も知らなかった。大半の入居者がQと喋ったことすらなかった。

業務は全てロボたちがこなしていた。Qの存在は、ロボを管理しているのか、人間の職員を一名は置くよう法律の定めでもあるのか、入居者たちはそれぞれ漠然と解釈していただけだった。Q自身もアンドロイドなのではないかと疑う入居者もいた。

老人ホームではかつて、入居者による職員への暴力やセクハラなどが問題となったが、ロボへの置き換えで急速に改善された。

ロボには名前があり、ディスプレイに表情が表示される。会話もできるから、入居者が愛情や反発を覚えることもあった。それでも生身の職員に比べれば入居者の問題行動も減っていた。

職員がロボか愛着の持ちようのないセンター長で、姫の対象にならなかったことも、特定の入居者にかわいさを見出して、老ホの姫を発生させる要因となっていた。

旭は、無口だったし、それほど社交的な人間でもなかったが、人間関係の悪化が生活の質を破滅的に悪化させることをよく理解していた。他の入居者とは良好な関係を築きたいと思っていた。それでしばらくはホームの施設を一通りめぐり、イベントやレクリエーションに積極的に参加することにした。

その先々で、優希がどれほど「姫」として皆から扱われているかを知ることとなった。

【4】

旭が初めてトレーニングルームを訪れると、

「旭さん、やっぱり来ましたね！」

といきなり無遠慮に話しかけられた。

その男の名が洋平（ようへい）（70）だと知ったのはこの時が初めてだったが、その男の存在は、カラオケの時点で認識していた。背丈はさほど高くなかったが、洋平はその年齢に似合わずゴリマッチョだったから、否応（いやおう）なしに目立っていた。

「いやあ、初めて見た時から、旭さんはこっち側の人だろうって思ってたんですよ！」

洋平の決めつけるような物言いはやや不快だったが、旭はそれを表に出しはしなかった。

旭の肉体を薄手のトレーニングウェア越しに値踏みするように洋平が視線を走らせたのも、礼を失していると感じられた。

旭は、健康維持のジム通いを若い頃から続けていた。筋肥大を目的にはしていなかったが、結果的にある程度の筋肉がついていた。学生時代に柔道に打ち込んだ時期があり、かなりがっしりした体格だった。

入居後もその習慣を続けたいと思っていた。外部のジムの利用も考えていたが、サテーンカーリのトレーニングルームには、一般的なジムに相当する一通りの機材が揃っていた。そのことも、旭がこの老人ホームを選んだ理由の一つだった。

本格的なウェイトトレーニングの設備も整っていた。ほとんどの入居者が軽い運動やストレッチのプログラムに参加している中で、洋平ひとりだけが、ウェイトトレーニングに励んでいた。

洋平は、旭がどんなトレーニングをしてきたのか、何かボディビルの大会に出たことがあるか、昔スポーツをやっていたのか等、質問を重ねた。

旭は嫌そうな素振りも見せず、丁寧に答えた。しかし旭が何かを答え終えないうちに、洋平は「僕はね」と自分語りを始めた。

旭への対抗意識をむき出しにしていた。ここでは自分が先輩なのだ、トレーニングの量も質も、肉体も、自分の方があんたより上なんだ、という態度がありありと見えた。

「僕はね、旭さん。嬉しいんですよ。ジム仲間が増えて。お互いに励まし合いながら頑張っていきましょう！」

洋平は明るくそう言った。自分が旭に対抗心を抱いているという自覚がなかった。

旭は少し、面倒だと思った。いっそ外部のジムに行こうかとも思った。

しかしトレーニングルームに通わなければ、あるいは時間をずらして洋平に会わないように通ったとしたら、この男はすぐに避けられていると気付いて平気で「なんでですか」と咎めてくるだろうと想像できた。

入居者間の対抗意識や嫉妬心といった人間関係の煩わしさは、老人ホームには多かれ少なかれ存在するだろうと、旭は入居前からある程度覚悟はしていた。上手くいなして、やっていきたいとも思っていた。

「洋平くん、今日もいいかな」

突然洋平へ声をかけたのは優希だった。旭も洋平も、優希がルームにいることに気付いていなかった。

「今日もやりましょう！」

と洋平は満面の笑みで答えた。洋平はその瞬間から、まるで旭など最初からいなかったかのような態度になった。

旭は、洋平をある程度「先輩」として立て、あまり絡まれずにやっていこう、外部のジムを使うのは得策ではない、などと洋平の扱い方をあれこれ思案していたところだった。しかしその当の自分に向かう関心が、一瞬で消え去ってしまった。

優希は、この時間にいつも洋平がトレーニングルームを利用していることを知って通っていた。洋平は自分のトレーニングもそっちのけで甲斐甲斐しく優希のためにマシンをセッティングした。まるでパーソナルトレーナーのように優希について「○○筋に効いているぞ」「あと一回！」などと声をかけた。

入居初日に見た松浦亜弥のステージでの動きから、優希の運動機能はかなり高いレベルで維持されていると感じたが、こうして鍛えていたのかと旭は感心した。ふっくらとした肉付きだから、一見そう見えないが、まんべんなくしっかりと鍛えられているようだった。

優希は握力を鍛えるために、わざわざ自前の負荷調整機能つきのハンドグリップを持ち込んでいるようだった。ここでは鍛えるより健康維持が主目的だったから、シリコン製のグリップボールしか置いていなかった。ハンドグリップなら自室でやればよさそうだが、洋平の前でやる習慣のようだった。

優希のおかげで、旭は洋平に煩わされることなくトレーニングに集中できた。

【5】

「おい、でくのぼう。邪魔だ。どけ」

それが旭が聖波（80）から初めてかけられた言葉だった。旭が廊下で冬児と立ち話をしていたら、突然背後からそう言われたのだった。

「旭は確かにでかいよなあ。洋平ほどマッチョじゃねえけど、ガタイはうちで一番でかいんじゃないか？」

冬児がそう言いながらバシバシと旭の体を叩いた。聖波は舌打ちしながら通り過ぎた。

通行の邪魔をしていたのは事実だったので、旭は特に聖波に腹を立てはしなかったが、この「不良」タイプの入居者は珍しいと感じた。

サテーンカーリは安いプランで入居費三三〇〇万円、月額四十五万円程度だった（二〇二四年現在と比較してインフレにより物価が一・五倍程度になっている）。入居者には資産家が多かった。住宅型有料老人ホームは、介護等の外部サービスを組み合わせられ、入居者は自立から軽い要介護まで様々だが、元気な者が比較的多かった。

金持ちの中には、自己評価が分不相応に高く、傲岸(ごうがん)で横柄な者も多かった。社会的な地位から離れ、自分が何者でもなくなったことへの不安を糊塗(こと)するように、「この私は尊敬されてしかるべき人間だ」とアピールしてしまう。

ただそうした横柄さは、聖波の見せる他者への攻撃性とは種類が異なる。

聖波の「不良性」に手を焼いた彼の子供が、彼をこのホームに入れて手を離したのか、彼自身がその「不良性」で反社会的な富を築いたのか、どちらだろうかと旭は想像した。しかし勝手な憶測を膨らませるのも無意味だし失礼だと思い直し、それ以上考えるのをやめた。

旭が聖波を「珍しい」と感じたのは、このサテーンカーリに「不良」的な入居者が存在すること以上に、他の入居者たちがそんな彼を敬遠せずに受け入れているように見えることだった。

聖波は「うるせえ」「バカが」等、他の入居者に暴言を吐いていた。話しかけられても無視することさえあった。プライドの高そうな金持ちの入居者たちが、そんな聖波に立腹もせずに「そういうキャラ」として受け入れているのが、旭には不思議だった。

サテーンカーリでは毎日様々なアクティビティやイベントが用意されていた。絵画、陶芸、手芸、俳句、書道、料理、楽器演奏などの教室や、ひな祭やクリスマスなどの催しもあった。旭は冬児に誘われて、そのほとんどに参加していた。冬児はすべてが下手で、全く上達を見せる気配はないが、いつもゴキゲンに「ヤバイ楽しい」と笑っていたから、皆に好かれていた。

一方で聖波はそのどれにも参加していなかった。例外的に、常設のテレビゲームで気が向いた時に遊ぶくらいだった。懐かしいものから最新のものまでサテーンカーリにはしっかり揃っていた。聖波がテレビゲームに興じている時、傍らには常に優希がいた。

「聖波くん上手！」「聖波くんすごいね！」

などと褒めていた。優希は上手いプレイの時にだけ心底感心したように言うので、嘘っぽさがなかった。時々優希は、尊敬の眼差し（まなざし）で聖波の顔をちらっと見て、ノンバーバルコミュニケーションでも相手を肯定していた。

褒められた聖波は「おう」とか「ああ」とかそっけない返事だったが、満更でもないようだった。

施設内ですれ違ったり顔を見かけたりすれば、必ず優希は「聖波くん」といかにも懐いているふうに声をかけ、聖波も邪険にすることなく扱っていた。聖波は優希を、直視しないように盗み見るように、しかし見たくてたまらないように見つめているのを、旭は発見した。

【6】

洋平や聖波に限らず、サテーンカーリには様々なタイプの人間がいた。その誰もが優希に手懐（てなず）けられているのを、旭は入居からほどなくして知った。

優希が機能することで、彼らの特性がマイルドに抑えられ、全体の人間関係が良好になる構造に気付いた。それでいて誰も、自分が優希に手懐けられているのではなく、優希が自分に懐いていて可愛がっているだけだと錯覚しているようだった。

歌彦（うたひこ）（77）は優等生的なタイプだった。

しかし本当に優秀で規律を重んじ、皆のリーダーが務まるタイプではなかった。細かなルールに拘泥し、それを他人に押し付ける。「ちゃんと守っている自分」「それができていないみんな」の構図を作り、自分自身を「優れた人間」と思い込んで自尊心を保とうとしていた。

歌彦はかつて、上手くキャリアを盛って大手企業に部長として転職に成功したことがあった。しかし転職先で十分に職責を果たせず降格した。その経験がこの小舅タイプの性質を作り出していた。

そんな歌彦のプライドを、優希が愛撫していた。

そのおかげで、歌彦の周囲への押し付けが軽減されて、軋轢を生まずに済んでいた。

蘭太郎（72）と菊次郎（71）は兄弟で同じホームに入居していた。

二人とも同じ大学を出て、内科医として別々に開業した。

仲が良いわけでもなく、顔を突き合わせればごく些細な話題で「自分が正しい、お前が間違っている」とうるさいくらいにまくしたてる。この「喧嘩」が二人にとっての心の安定に必要だと見抜いた優希は、上手く二人の間に入って喧嘩が大きくなりすぎないよう調整しつつ、一方で程よく火種も供給していた。

恭也（71）はオタクだった。

しかし自分で何かを発掘したり、本当に自分が好きなものをひたすら愛していたりするわけではなく、流行りを追い、他人の考察を摂取していただけだった。

加齢と共にコンテンツを消費する量も落ち、一つのコンテンツにハマる熱量も時間も減った。中年に至ってそんな自分に不安を覚え、コーヒーやカレーづくりに凝ったりもしたが、それも長続きしなかった。他に何もなかったから、この年になっても「オタクであること」に固執していた。

昔のコンテンツの知識を誰かにひたすら語っている間は安心できた。ＡＩが話し相手になってくれるサービスも存在したが、相手が人間か判別不能なリアルさが、かえって対面による本物の人間相手のサービスの価値を上げた。キャバクラのようなものだが、金を払って話を聞いてくれているだけだという虚しさに恭也は苛まれた。

恭也はずっと独身で、そのまま独居老人として生涯を終える選択肢もあったが、親のまとまった遺産があったためにサテーンカーリに入った。優希はそういう恭也の心情を尊重した。恭也の知識を「すごい」と感心してやり、恭也を「自分は大丈夫だ」と安心させてやっていた。


【7】


優希は、旭を落とすのは容易いと踏んでいた。

閉鎖的な人間関係の中で、誰もが、どこかに癒やしを求めずにはいられない。あるいは年老いても、涸れることなく性愛の対象を探してしまう。そうした求めを一手に引き受けているのがこの僕なんだ、という自負を抱いていた。

かわいさを磨き抜いてきた優希には、自信が満ちていた。自信がさらに輝きを与えていた。実際、今のサテーンカーリ崎宿　参番館の男どもは、残らず優希のかわいさに癒やされていた。

旭と目が合う。優希はにっこりとほほ笑んだ。旭はこくりと会釈を返す。しかし優希は旭に話しかけはしない。

みんなが優希を可愛がる光景を、旭に見せる。旭は他の入居者たちと打ち解けていくが、優希は旭には一度も話しかけない。無視もせず、目が合えばほほ笑みかけるが、自分から話しかけもしない。

優希は、男どもにかまわれて、キャッキャしている自分に、旭が無遠慮に熱い視線を注ぐのを感じて、

「ほーらね」

と思った。僕を愛でたくてたまらない視線だ。でも、まだまだ。もっと羨ましくて妬ましくなってもらわないと。

優希は、旭に対して「導入」フェーズを完了させ、「焦らし」フェーズに入っていた。それが終われば「籠絡」フェーズに移行する。そうして姫になったら「維持」する。

サテーンカーリで姫ポジを確立させていった過程で、優希は新規信者獲得のパターンも確立させていた。

【8】

導入フェーズでのメインプレイヤーは冬児だった。

冬児は懐かしい言葉で表すなら「陽キャ」だ。初対面でも、まるで相手が旧来の友人かのように振る舞う。それを馴れ馴れしいと感じる者もいたが、常に明るく朗らかに振る舞い、相手の嫌がる領域には踏み込まず、自分を飾ることをせず、相手を慮る態度を維持する冬児に、誰もが好感を抱いた。

新たな入居者は、冬児のおかげでサテーンカーリのコミュニティへスムーズに入っていくことができた。

冬児本人は、ただそういう性格なだけで、信者獲得の「導入」の役割をしている認識は全くなかった。


焦らしフェーズでは、優希は対象者と距離を保った。

優希が他の入居者たちから姫として可愛がられる姿を対象者に見せる。しかし優希は、対象者と交友を結ばない。だが拒絶もしない。

優希は対象者を見かければ、にっこり微笑んだりはするが、話しかけはしない。話しかけられれば無視はしないが、会話を広げたり盛り上げたりしようとはしない。時々、微妙に避けているような動きも見せる。

対象者の意識が、優希の存在に向き続けるように、最適な距離をコントロールし続ける。

対象者は、姫が自分を拒んでいるのか受け入れているのか、好きなのか嫌いなのか、はっきりせずに、もやもやとした気持ちを抱く。

ムキになって姫にもっとアプローチしようとする者もいれば、かえって姫に反感を抱く者もいる。いずれにせよ、関心を持たせ続ける。

対象者が姫を認識するには、そもそもこの人間関係の中に入っていることが必要で、従って導入フェーズが前提として要求された。

籠絡フェーズでは、姫が対象者へ一気に距離を詰め、相手の心の弱い箇所を慰める。

ずっと押し続けていた扉が突然開いて拍子抜けするように、ふいに優希が、本当に相手に好意があるような態度で接してくるから、対象者は困惑する。困惑したまま、巻き込まれていく。

焦らしフェーズまでに、優希は相手のキャラクターや経歴などを確認し、コンプレックスやプライドのありかのあたりをつける。籠絡フェーズに入ってからは、その「ありか」を刺激し、その当否を確認しながら、さらに深掘りしていく。


人間関係の築き方として、親密さがプラスからゼロへと時間経過で変化するタイプの人と、マイナスからゼロへと向かう人がいる。

前者のタイプは、お互いよく知らない時は、「気に入られたい」「嫌われたくない」といった配慮からフレンドリーに接する。しかし徐々に慣れて、相手を身内のように感じると甘えが生じ、愛想の良さが低下する。本人は「気心が知れて気を遣わなくなっただけ」という気でも、相手からは「冷たくなった」「自分への好意が失われた」と見えてしまう。多くの人が自覚なくこの態度を取ってしまう。

後者は、最初は冷淡だったり、仲間として認めないような態度を取ったりするが、次第に親しくなっていく。相手は親密さを失う恐れから、その人を丁寧に扱い、この親密さを「ありがたいもの」として受け取る。聖波や優希は後者のタイプだった。聖波は敵対的な、優希は思わせぶりな態度という違いはあっても、この後者のスタイルに分類し得る。

この分類からすると冬児は、どちらのタイプでもなく、親密さが低下せず、ずっと高くプラスのまま維持して、付き合い始めからずっとフレンドリーな態度が変わらない理想的なタイプと言えた。


籠絡フェーズで対象者の姫になった後の、維持フェーズこそが最も困難だった。

焦らしフェーズや籠絡フェーズを細かく行き来しながら、歓心を買い続ける。恋愛の物語が「距離」によって成立するように、優希は対象者との距離の調整を不断に続けた。しかもそれは、一対一ではなく、同時に一対多で成立させていた。誰かとの距離を詰めれば、その姿を見た誰かとの距離は離れる。距離を詰めるべきタイミングの人とは詰めて、それを離れるべき人に上手く見せて、完璧にコントロールしていた。

そんな優希だったが、過去に手痛い失敗を犯していた。

【9】

きっかけは冬児が、

「えっヤバ。優希かわいすぎない？」

と何気なく言った一言だった。

ささいな言い間違いをした優希が、往年の「てへぺろ」を一瞬披露した。特に優希自身も意識してやったわけではなかった。

小さく舌を出しただけで、フルてへぺろに対しては十パーセントほどのささやかなものだった。だがそのささやかさがむしろ「刺さった」のだった。わざとらしくなく、無邪気なかわいさを演出した。

お調子者でムードメーカーの冬児が何気なく優希を「かわいすぎる」と指摘して、にわかにホームが色めき立った。優希も「自分はかわいいのかもしれない」と意識するようになった。

優希がかわいい仕草を開発し、披露すると、みんなが「かわいいー」と褒めてくれた。服にも気を遣うようになった。

「よし！　今日も僕はかわいい。僕はかわいい」

鏡に向かって、じっくりと自分の顔を見て、そうはっきり口に出してから自室を出るのが、優希のモーニングルーティンになった。

みんなからかわいいと言われるようになってから、実際に肌艶も良くなり、表情もより豊かになり、かわいさが増していると自分でも思った。実際、めちゃくちゃかわいいんじゃないの僕、と日々新鮮な驚きを感じていた。

ひたすらに可愛がられ、相手を焦らして手懐けて、思うままにできるような感覚に陥った。もっと可愛がられるように、入居者たちがもっと競い合うように、どんどんエスカレートさせていった。愛情と憎悪が表裏一体となり、もはや優希にもコントロールできない強度へと発展していってしまった。

優希を狂信的に愛し、他の入居者たちを憎み、他の入居者と戯れる優希さえも恨み、嫉妬で言動が攻撃的になっていく者がいた。優希は自分が、そのうち刺されるのではないかと本気で思ったが、どうしようもなくなっていた。刺されて死んでも自業自得だと諦めていた。ホーム全体が異常な心理状態に陥った。

だが、その狂信的な男が突然死んだことでリセットされた。老人は急に死ぬ。

その生命の危機さえ覚悟した失敗を経て、優希は距離の適切な管理に神経を遣っていた。その結果、入居者間の距離が上手く調整され、ホーム全体が円満になるのに資していた。

小さなコミュニティに発生した姫が、安定していたコミュニティを性愛で歪(ゆが)ませて崩壊させる話はありふれている。

学校の部活やサークルなら崩壊しても、部やサークルの外側に学校全体があり、あるいは卒業によるリセットがある。しかし老人ホームにいる老人たちには帰る家もないし生きている限り卒業もない。優希はそのことを十分に理解していた。

特定の誰の占有物にもならず、姫ポジを強固にした。

【10】

マッチョの洋平も、入居してすぐに冬児が、

「洋平すげー鍛えてんな！」「筋肉かっけえ！」

と皆が思っていることをすぐにはっきり口にして、既存の入居者たちと新規の入居者の双方を安心させてコミュニティに受け入れさせた。

冬児は洋平を、

「うちのトレーニングルーム結構充実してんだよ」「洋平の目から見てどうだ？」

とすぐに筋トレに誘った。

冬児もちょっと一緒にやってみたが、機器の使い方はむちゃくちゃで、筋力もまるでなかった。洋平が教えてやっても一向に上達もせず、それで本人はゲラゲラ笑っていた。

他の入居者たちは、洋平の筋肉に感嘆して称賛した者も多かったが、一部は「あの歳であんな

に鍛えて意味があるのか」と馬鹿にした。

洋平の年齢不相応な筋肉が一定の注目を集める中、優希はほとんど関心を示さないように見えた。時々トレーニングルームで一緒になっても、目が合えば微笑んで会釈をするくらいだった。それでいて、他の入居者よりもトレーニングルームで会う頻度が高かった。

洋平はタンクトップを着て、優希に見えるように、トレーニングルームの鏡の前でポージングをした。自分でもバカみたいなことをしていると思った。しかしお世辞の一つも言わない優希に、なぜかムキになっていった。


トレーニングルームに二人きりだったある日、優希がふいに洋平へ近づいてきた。

「洋平くんの体、すごい筋肉だね」

洋平は驚いて中断した。関心を引こうと手を尽くしていたはずが、いざ望みが叶(かな)うとどうしていいか分からなくなった。

優希はなぜか顔を真っ赤にして、恥ずかしそうに伏し目がちにしていた。

「ね、変なこと頼んでも、いいかな」

洋平はマシンでトレーニング中のポーズのまま固まっていた。

「洋平くんの腕にぶら下がっても、いいかな」

優希は小柄だった。洋平の太い二の腕にぶら下がるのも容易だった。

わあーっと感嘆した後、こんな歳になって、ジジイ二人が何やってるんだろうとお互いに思って、二人して笑った。

優希は、トレーニングの仕方を教えてほしいと言った。

筋肉を褒められること、努力の成果を人が認めてくれることも嬉しかった。それ以上に、指導するというのは、自分を求められることで、喜びを倍加させた。認められるだけではなく、求められる。その喜びを優希は洋平に与えた。

優希は洋平の筋肉を「かっこいい」と心底あこがれを込めて褒めた。他の入居者も自慢の筋肉を褒めてはくれる。しかし優希は「僕にも教えてほしいな」とねだってきた。そして飽きることなく洋平のコーチを受け続けた。

優希は、八十歳手前のアラエイとは思えない肌のハリを見せていた。洋平はそんなことを意識した自分自身に困惑した。盗み見ていたら、

「洋平くん見すぎだってば」

と優希が照れた様子で上目遣いに咎めてきて、

「違う違う、筋肉にしっかり効いてるか見てただけだって」

とみえみえの否定をするしかなかった。

優希はマシンを使うのは初めてのようだったが、若い頃にはかなり鍛えていたのではないかと思えた。一見すると小柄でふっくらとしてやわらかい印象だが、案外がっしりしていると気付いた。

冷やかしではなく、真剣に取り組んでいる優希を、洋平は見直した。

ハンドグリップを買って、自室でやれば良さそうなのに、わざわざルームに来て洋平のとなりで握っていた。かわいいと思った。

【11】

不良の聖波も、他の入居者からその態度で敬遠されていたが、冬児はまるで関係なく話しかけ、様々なアクティビティやイベントに誘い続けていた。

冬児は聖波を見かけるたびに、

「おお、聖波もやろうぜ」

と昔からの友達のように誘った。

「なんで俺が」「やらねえよそんなもん」

と聖波は悪態をついて断る。冬児はあっさり、

「そっか」

と引き下がるが、まるで一度も断られたことがないようにまた誘い続けた。

他の入居者に「よくめげないね」と言われた冬児は、「たまたま今日はやる気になるかもしれないだろ」とあっけらかんと答えていた。

人付き合いを好まず、ほとんど共用スペースに出かけず自室で過ごす入居者もいたが、聖波はほぼ毎日部屋から出てきた。悪態をつきながらも人との交流を持とうとしていたようだった。

ある日、入居者たちが懐かしのテレビゲームに興じていると、後ろで見ていた聖波がぼそりと、

「それ、昔やったことがある」

と呟いた。

スーパーファミコンの「がんばれゴエモン2　奇天烈将軍マッギネス」という横スクロールアクションのゲームタイトルだった。

冬児は嬉しそうに、

「おー、じゃあ聖波もやろうぜ」

と誘うと、聖波も、

「いいけど」

と応じた。入居以来初めてのことで、周囲にいた入居者が「おぉ」とかすかな驚きを漏らし、聖波はチッと舌打ちをした。

二人プレイも可能で、冬児はゴエモン、聖波はサスケというキャラクターを選んだ。

冬児はやはり下手くそで、死にまくっていた。「うおっまた死んだ」「えーっマジー」と悔しがっていたが、苛立ちはせず、あくまでポジティブにプレイしていた。

聖波は上手かった。一九九三年発売のゲームだった。聖波が遊んでいたのは中学生くらいで、それ以来存在すら忘れていたが、当時かなりやりこんでいたから、体が覚えていた。プレイするうちに、ステージやボスや隠し要素をどんどん思い出していった。

聖波は子供の頃からさして成績が良かったわけではなかった。学校には通っていたが、教師や学校行事とは距離を取っていた。学級や学年の中で友人関係を築いたりもしなかった。

親兄弟と反りが合わず、家庭には居辛かった。地元に根ざした先輩後輩の人間関係に組み込まれ、夜も家に帰らなかった。

自分では「不良」だとは思っていなかったが、家庭や学校の枠組から外れたエリアで生きていたせいで、「標準側」からは「不良」と思われていた。そう思われると、そのレッテルを内面化して、自分で自分のことを「不良」なのだと思うようになっていった。

聖波はサテーンカーリに来てから、腫れ物に触るような、疎外される感覚を再び感じていた。それでも中学まではまだ、学校の友達がいた。友達とスーファミをやったこともあったなと、聖波は思い出していた。この冬児みたいな、俺を普通の同級生として当たり前のように接してくるやつがいた。ちょっとうるさくて、鬱陶しいようで、でもそれがありがたかった。

聖波は、だからといってそれで涙するほど感傷的な人間ではなかったが、素直に嬉しいと思った。

遊んでいると、周りにだんだん人が集まってきた。冬児の珍プレイに笑いが起きたが、途中から冬児がギブアップして聖波の一人プレイに切り替わってからは、その上手さに感嘆の声が上がるようになった。気持ちがよかった。自分が肯定されている感覚は久しぶりだった。

その日を境に、聖波は他の入居者に馴染んでいった。大きく性格が変わったりはしなかったし、相変わらず口も悪かったが、イベントなどへも参加するようになったし、話しかけられれば入居者とも普通に話すようになった。

しかし優希は、目が合えばにっこりと微笑むが、聖波に話しかけはしなかった。聖波が冬児と話していると、何気なく近寄ってきて、それとなく冬児との会話を奪っていく。嫌なやつだと思った。

冬児や他のやつが、優希をかわいいかわいいと甘やかしているのも不愉快だった。嫌な人間が皆から持ち上げられて評価されているのは腹が立った。

聖波はある夜中に、こっそり共用のゲームハードを自室に持ち出そうとした。誰にも見られず、もう少し練習したくなったのだった。上手いと称賛される気持ちよさが忘れられなくなっていた。持ち出そうとするのを優希に見られてしまった。優希がどうしてその時間にそんなところにいたのかは分からなかった。

「違う」

と聖波は優希に言った。その瞬間、忘れていた嫌な記憶がよみがえった。

中学生の時、先輩に万引きに付き合わされそうになった。何とか口実を見つけて断ったが、万引きが発覚した時、かかわりを疑われた。否定したが、学校も親も聖波を信じなかった。ありがちなことだと思って、諦めた。

それは聖波にとって、大きな転機だったのかもしれない。どうせ分かってはもらえない、自分を分かってもらおうとするだけ無駄だと思うような価値観が形成された。結婚し子供も生まれたが、妻子とも折り合いはつかず、職場でも馴染めはしなかった。

自分を泥棒と非難する言葉を聖波は予期していたが、優希からかけられたのは予想外の言葉だった。

「聖波くん、実はお願いしたいことがあるんだ」

一瞬、この場面を見逃す代わりの脅しや強請(ゆす)りだろうかと思ったが、そうではなかった。

「実は聖波くんがやってるの見てたら面白そうだなって。僕もゴエモン買ってみたんだけどね、やり方教えてほしいんだ」

そんな妙な経緯で、聖波は優希の部屋に通い、一緒にゲームをするようになった。ゲームをしながら、身の上を話した。聖波にとって自分の過去を他人にじっくり話す機会は初めてだった。聞いてくれる人もいなかったし、話したいと考えたこともなかった。

子供の頃の記憶、懐かしい両親や兄弟の記憶、嫌なことばかりではなかった。地元の女と結婚した。年上のヤンキーだが、考えのしっかりした人だった。真面目に働いた。職場の人間関係はあまり上手くいかなかったが、我慢して働いた。子供たちがみな優秀だったのは妻のおかげだ。六十三で先に逝(い)ってしまった。自分の気難しさは直せなかった。子供にも疎まれてしまった。妻との仲も上手くいっていたとは言えない。悲しい、今でも会って、あんたのおかげだったと言いたい。

優希はうんうんと聞きながら、そしてたまに画面の中でキャラが死にながら、でも子供たち結構ホームに遊びに来てくれてるよね、ここに大金遣って入れてくれるのだって嫌いじゃできなくない？　本当は疎まれてないんじゃない、お母さんの思い出を子供らとお話したらいいんじゃないかな、直接奥さんとはもうお話できなくても、それが代わりになると思う、今でもできるよ、聖波くんが死んだら、もっと話せば良かったって同じ思いを子供たちがすることになるんじゃないかな、と押し付けがましさを感じさせないゆっくりした語り方で聖波に伝えた。

そんなことを言われて、それでも聖波はおいおい泣くほど感傷的な人間ではなかったが、他者から改めて言われて自分を見つめ直しはした。

自分は愛されないし好かれないと、自分で思い込んでいた節があったかもしれないと思い直した。それでも子供と腹を割って話すのは憚(はばか)られたが、優希が妙な熱心さで勧めるからついにそうした。

話をしてみれば案外どうということもなかった。子供たちも喜んでくれた。

優希に自分の弱さをさらけ出して、恥ずかしさを覚えつつも気持ちが楽になるのを感じた。

【12】

旭は優希をガン見していた。遠慮のかけらもなかった。優希が他の入居者と姫ムーブをしている間は、特に凝視してきた。

まだ焦らしフェーズだったから、優希はそんな視線を感じつつも旭との接触は持たなかった。

優希は過去の経験から、旭も落ちるだろうと思ってはいた。ただ、過去の誰よりも露骨に関心を向ける旭に、少し効きすぎているだろうかとも感じた。

もう少し旭のことを調べてから籠絡フェーズに入るつもりだったが、もう進めることにした。

旭は日常的なルーティンとして散歩に出ている。荒天や酷暑でなければ決まった時間にホームを出る。

ルートは三パターン存在する。どのパターンでも、元商店街を途中で通る。かつては商店街だったが、駅に近いわけでもなく、地域にはショッピングモールもあったために衰退し、建売住宅や集合住宅に徐々に変わっていったエリアだった。当時の名残で、その通りは自動車の日中の通行が制限され、アスファルトではなくブロック舗装になっていたから散歩に最適だった。

商店街の角に小さな書店があった。商店街が衰退する中でかろうじて残っていた店だった。優希は雑誌を選ぶふりをしながら旭を待っていた。

旭が来た。直接見ないように、視界の端で捉えた。旭が立ち止まった。自分に気付いたはずだ。さすがに無視はしないだろう。相手から話しかけさせようと、気付かないふりをして待っていた。だが旭は一向に話しかけてこないし、近寄ってもこなかった。たまりかねて優希が振り向くと、旭は道路のど真ん中で仁王立ちして、こちらを睨みつけていた。ちょっとポーズを修正すれば、本当に仁王像として立派に成立するような立ち姿だった。

えっどういう感情？　と優希は困惑した。しかし困惑を隠して旭へにこやかに歩み寄った。

「旭くんじゃん。こんなとこで会うなんて奇遇だね！　お散歩？」

だが声をかけられた旭は、目を剝いて優希を見下ろしていた。なんなんだ。

腹の底から響く声で、

「こんにちは」

と旭は言った。会話が成立していない。だがここで「何言ってんだこいつ」という顔をしてはいけない。

「はい、こんにちは」

と笑顔で返した。

「旭くんはこのままホームに帰るの？　一緒に帰ろっか」

旭は驚愕した顔をする。うーん感情が分からん。

だが歩き始めるとついてきたから、一緒に帰る意思はあるらしい。歩きながら話す。質問をすれば返すが、それ以上話が膨らまない。自分語りが好きではないのか？　旭は歌舞伎の見得みたいに目をぐっと見開いて優希をじっと見ていた。なんだその眼力は。

「前見て歩かないと危ないよ。僕らもうおじいちゃんなんだし」

なんだこいつ。おもしれーじゃん。

【13】

優希は旭に積極的に話しかけた。とっくに籠絡フェーズに入っていた。

旭は相変わらず、優希が他の入居者と話していると目で追っている。さりげなく目で追うというよりガン見している。それでいて話しかけてもさしてノッてくるわけでもない。

当初は口下手なだけだと思っていたが、冬児や他の入居者とはそれなりに自分から話している。冬児どころか、あの気難しい聖波さえ、どういうわけか旭と気が合っているようだった。聖波は旭の硬派なところが気に入っているらしい。

僕に興味があることは間違いない。

でもどうしてノッてこないのか。こんなに手を差し伸べてるのに。

優希はどんどんムキになっていった。かわいさの満漢全席を旭にぶつけたが、旭はまるでなびかなかった。しかしガン見してくる。

明らかに自分を意識しているのに、まるでなびかない男という初めてのパターンに、優希は混乱して焦っていた。


ちょっと待って、僕たちの時間は短いんだよ⁉

高校の三年間だって短い青春だけど、うちらはいつお迎えが来るか分かんないんだよ⁉

よく考えて！　僕もうアラエイだよ。割と死ぬよ⁇　アラデスだよ～。


そんな思いを抱えても、旭はなびかなかった。ただ優希をガン見するだけだった。

鏡の前でパァンと両頬を叩いて、

「よし！　今日も僕はかわいい。僕はかわいい」

モーニングルーティンも、試合前のような気迫のこもったものに変わっていた。


優希は旭の経歴を徹底的に洗った。どこにプライドの源泉があるかを探るためだった。

旭が会社経営者だったということは皆知るところだった。名前で検索すればすぐに分かる。著名な飲食チェーンの経営者だった。優希も初めて旭の顔を見た時に、どこかで見憶(みおぼ)えがあると感じたが、全国ネットの経済番組で何度か取り上げられ、インタビューを受けているのを見たことがあったからだった。

しかし、日経新聞の「私の履歴書」の連載歴もなく、著書もなかった。メディアでのインタビューでも、あくまで会社の話に終始し、自身の経歴やエピソードの話題はほとんどなかった。

経営者としてのプライドをくすぐろうとしたが、むしろ触れてほしくなさそうだったから、優希はそのポイントからはすぐに手を引いた。

インタビューなどに掲載された略歴から、かろうじて出身大学だけは分かった。年齢と出身大学から、当時の知り合いを探し出し、旭が大学時代に柔道部に所属し、最高で全日本学生柔道体重別選手権大会でベスト8になったことも聞き出した。ガタイがいいのも、何かスポーツをやっていたからだろうとは思っていたから納得だった。

しかしそこにも旭のプライドのありかはなかった。

一見簡単だと思っていた旭の攻略が、取り組んでみたらまるで取っ掛かりがなく、優希は途方に暮れそうになったが、やめられなくなっていた。

姫ポジションを安定的に維持するため、不断に、完璧に続けていたはずの他の入居者との距離の調整も、少し疎(おろそ)かになっていた。優希がなりふり構わず旭にアタックし続けるから、もうその余裕がなかった。旭に入れ込み過ぎていると自覚はしていたが、止められなかった。

ところが、それでホーム内の関係性は崩れることはなかった。他の入居者たちは、なりふり構わない優希を、むしろ応援し始めていた。

優希の極上の「かわいい」が発動すれば、(いけー!)と思い、旭がなびかないと(くうーやっぱダメか!)と思う。優希と旭の攻防は、試合を見るような、他の皆にとっての一種のエンタメになっていた。

【14】


単になびかないだけならともかく、旭は感情がよく分からない反応を見せて、優希を悩ませた。

すっかり習慣になった二人での散歩中、何気ない会話を交わしている最中に、旭は突如、舌を軽く出し、白目を剥いて、絞殺される人の真似でもしているような顔をした。はっきり優希の方を見てその顔をするから、見間違いではなかった。

それは一瞬だけ現れ、すぐにいつもの穏やかな真顔に戻った。歯が痛いのだろうか、と優希は思った。その顔は時々現れる。あるいはチックの一種だろうか。心配になって「病院へ行った方が良いのでは」と伝えたら、悲しそうな顔をした。

長身の旭が、屈んで優希を睨み上げてくることもたびたびあった。猫背から上体を反らし、顔を近付けて、半笑いでこちらを見上げる。ヤンキーのガン飛ばしそのもので、ガタイの良い旭がやると相当な迫力があった。

これもよく分からないタイミングでたびたびやってくるから意味が分からなかった。


カラオケの時間はさらに奇妙だった。

旭は必ずPerfumeの「チョコレイト・ディスコ」を選曲した。

テンポを落として声量たっぷりに歌い上げ、和風な振り付けで踊っていた。腰を落とし、すり足で移動して時折足ぶみをし、手の振りは盆踊りのようだった。幇間のお座敷踊りにも似ていた。

旭がカラオケで踊ったりするタイプとは誰も思わなかったから、最初は皆啞然（あぜん）とした。冬児だけが、

「いいぞ!」「よッ」

などと合いの手を入れて手拍子を入れたから、皆も安心してオリジナルチョコレイト・ディスコに盛り上がった。

旭は歌い踊るあいだ、ちらちらと優希に視線を送っていた。

何かをアピールしているのは確かだが、優希にはその「何か」が分からず、困惑した。

鳥の求愛ダンスのようなものか？ とも思った。

必死の攻勢にまるでなびかない鉄壁の旭。

それでいて僕への関心はむき出しの旭。

優希は、いつの間にか旭をかわいいと思っている自分に気付いていた。

そうじゃない、僕が旭にかわいいと思われなきゃいけないのに、と思い直す。でも、変なやつだなあ、変なのになんか真面目で、誠実なやつ、と思うと愛らしさが温かく湧いてきた。

【15】

また旭が、例の絞殺される顔をした。いつもは優希と二人きりの時にしか出ないのに、皆がいる場で出てしまったから優希は焦った。優希が焦る必要はないのに、何かフォローしなければ、という気持ちに勝手になっていた。

旭の絞殺顔を見た冬児が、

「おーっ、旭のてへぺろも結構上達してんじゃね？」

と言った。旭は満更でもない様子で肯(うなず)いた。

優希は衝撃を受け、

「てへ……ぺろ……？」

と思わず口に出していた。

これ、てへぺろ、だったのか。

その場にいた他の者たちも、冬児の「てへぺろ説」を聞いて一様に驚いていた。

舌をぺろっと出して、ウインクして、げんこつを軽く頭に当てる。白目はウインクのつもりだったのか。そういえばこの顔をする時、旭は軽く握った片手をこめかみあたりに当てていた。初代林家三平(はやしやさんぺい)のギャグ「どうもすいません」みたいだとずっと思っていた。

根本的に優希は勘違いしていた。

旭は姫を好きになったわけでも、姫を可愛がりたかったわけでもない。旭は姫になりたかったのだ。

だから優希をじっと観察していた。目で追って、他の入居者とどう絡んでいるのかを見て学ぼうとしていた。かわいい仕草を実践して、しかしあまりに下手くそだから変顔をしている、睨んでいると勘違いされてしまった。

旭は心の中で優希を「我が師」と呼んでいた。

散歩の途中で優希が待ち伏せていたのは驚いた。雷に打たれたような気持ちでいた。一歩も動けず仁王立ちになった。

ここまでするのか。これは偶然ではない。ルートを調査した上で、絶対に出会えて、かつ待っていても違和感のない書店で待っていた。さすがだと思ったのだった。

それ以降の日々繰り出される師の技の数々も見事だった。

旭はノートをつけていた。優希の技を書き留めていった。間の取り方、自分の見せ方、言葉のチョイス、抜け感。

分析すればするほど完璧だという気がしてきた。これをただのコピーではなく、自家薬籠中の物とするのは不可能な気がしてきた。しかし不可能だと思うと逆にガッツが湧いてきた。もうこれがラストチャンスなのだ。本気で挑まねばならない。姫になるんだ。

いくつも自分なりに実践していた。だが変な顔になっていた。かわいさとはほど遠い。鏡の前で練習もした。しかし上手くいかない。顔の筋肉が衰えているのか。

長年、表情に乏しかったツケが回ってきたのだと思った。

【16】

旭はサテーンカーリ崎宿 参番館にやってきて、姫がいることに衝撃を受けた。自分がずっと封じてきた夢の蓋（ふた）が開く音を聞いた。

旭は男子高校の出身だった。

入学時点では一五〇センチメートル台の小柄な少年だった。同級生たちに可愛がられた。膝（ひざ）に乗っけられて、頭を撫でられた。後ろからぎゅっと抱きとめられたりした。

一年も経たないうちに急速に背が伸びた。誘われて柔道部に入って打ち込むうちにがっしりとした体格になった。同級生たちから可愛がられることもなくなった。

柔道は大学へ入ってからも続けた。体格に合わせて、自己イメージも無骨な人間に押し込めた。屈託なく笑うこともなくなった。

大学卒業後は大手商社に入ったが、旭が三十代前半の時に兄が急逝し、家業へ入った。旭は次男で、長兄が継ぐはずだった。

県内で十店舗弱を経営する中小飲食チェーンだった。現場から調達や管理まで一通りの部門を経験した。専務になり、父親から経営をこれから学ぼうという矢先に、父までもが急死した。

旭は祖父から数えて三代目の社長になった。急ではあったが、社内をくまなく見て回った後だったのは幸いだった。

社長となった旭は、利益率を圧迫していたムリ・ムダ・ムラを時間をかけて丁寧に解消させていった。頻繁に打っていた割引キャンペーンもやめた。看板メニューを育てながら、新規メニューの投入と既存メニューの廃止に一定のルールを導入した。

規模を闇雲に追わず、組織体制が規模に追いつくようにゆっくりと店舗数を増やし、県下に四十数店舗を持つに至った。チェーンストアの経営理論を愚直に実行した。

県外には出店させず「ご当地レストラン」としてのブランディングに成功した。テレビの経済番組にも出演した。後継社長に経営を譲り、会長に退いた後、県に乞われて観光施策にも協力するようになった。レストランチェーン自体を観光資源に育てた手腕を買われてのことだった。

そうした功績で藍綬褒章を受章した。

後継者に自身の子供は選ばなかった。旭には子供が二人いたが、どちらも入社していない。子供の頃から家業を継げとは一切言わなかった。もし入りたいと本人が望めば、一般社員と同じ扱いしかさせないつもりだったが、二人とも自然に別々の道へ進んで、旭はどこかほっとしていた。後継者には自分とは異なる面で自分よりも優秀だと思える人物を選んだ。自分と同じタイプを選べば、自分の方が優れていると思い始めて変に容喙してしまう。

会社を上場させた上で株式を売却し、経営だけでなく所有からも手を離した。一度経営から離れながら「任せられない」と再び経営権を握る経営者もいる。「会社は自分の子供のようなもの」と言う経営者もいる。旭は、会社を子供と思うなら子離れすべきだ、子供を所有物ではなく一つの別人格として扱わなければならないはずだ、と常々思っていた。思っていても実際にそれをきれいにできる人は少なかった。

兄の遺した妻子の生活と養育費を旭が支え続け、旭の家族とも良好な関係を維持した。資産も一定程度を彼らに渡し、こじれることもなかった。

旭自身は、そうした自身の行動を、純粋に合理性からというより、急逝した兄や父への「恨み」からくるものかもしれないと時々思った。

創業家としての地位を手放し、家業であることをやめた。父は祖父から継いだ家業を次代に託すことを使命だと感じていたようだった。兄もその考えを当然のことと受け入れていたようだった。継いだことで、次に継がせなければ、親や先祖に申し訳ないという負債感情が当人の意識とは無関係に発生する。

旭は経営を引き継ぎながらも、その考えを否定していた。会社は創業者の持ち物でも、オーナーの持ち物でもなく（そうした側面があっても）やはりステークホルダー全員のもの、社会の公器だと考えていた。

それでも自分は継いでしまった矛盾を抱えて生きていた。

家業とは無縁の人生を送れたかもしれないが、そこに組み込まれてしまったことへの一種の復讐だったのかもしれないと旭は考えていた。

【17】

しかしサテーンカーリに入り、優希が姫として君臨しているのを見て、旭はそうではなかったのかもしれないと思った。

本当の自分の望み、奥底にあった願望は「自分も姫になりたかった」だった。

社長となった旭は、むしろ周囲が自分をちやほやしてしまわないよう細心の注意を払った。意見を安心して言えないといけない。自分の顔色を窺うイエスマンにさせてはいけない。

よく話を聞いてやり、「どうすればいいか」と御伺いを立てるのではなく「こうしようと思うがどうか」と自分で考えて意見を言う人間を育ててきた。大きな方針は決めるが、細かい口出しはせずに任せた。飲食業にとって命と言えるメニューも、新商品開発の決定権は握らなかった。ただ方針とルールは定めた。

とにかく自分を律してきた。自分を主役にしないように気を配ってきた。

だが、優希を見て、ああなりたいと思った。自分はああなりたかったのだと気付いた。高校生の時、自分より大きな生徒の膝に乗ったり後ろから抱きとめられたりしたあの感触を急に思い出した。

旭は頑張って優希の真似をした。観察した。技術を学んで練習してできるようになっていく感覚がなつかしかった。柔道を始めた頃の感覚にも似ていた。

師も自分の努力に応(こた)えてくれていると感じた。自分が技を研究して実践すればするほど、優希もさらに新しい技を見せてくれる。優希は以前はまんべんなく入居者を相手にしていたが、今は集中的に自分に技を使ってくれているようだ。

だいぶ自分もかわいくなってきた。

【18】

入居者たちは、旭の奇妙な努力が、姫へのロードだとは全く気付いていなかったが、入居した当初よりも、旭の表情が自然に豊かになっていることには気付いていた。その変化を皆好ましく思っていた。

冬児にてへぺろを褒められた旭は、本当に嬉しそうな顔をした。

「これも全て、師である優希さんのご教示のたまものです」

と謙遜(けんそん)した。

旭は優希をまっすぐ見つめていた。

旭の曇りのない視線を優希は受け止めていた。旭が姫を可愛がりたいのではなく、姫になりたくて努力していたことを、優希はこの時初めて理解した。

そっかあ。旭は姫になりたかったんだね。すてきだね。

でも、一つの老ホに、二人の姫はいられないんだよ。


「柔道だがね」

突然声がして旭が振り向くと、小柄な老婦人が立っていた。

「ガキどもが。柔道で決めりゃあええんだわ」

入居以来、旭が一度も見かけたことのない人物だった。殺季（さつき）（118）という。サテーンカーリ崎宿 参番館は、入居者三十三名中三十二名が男性であり、殺季は唯一の女性の入居者だった。殺季の脇には大柄なセンター長のQも控えていた。

「あんたも柔道やっとったんやろ。体見りゃあ分かるわ」

「はい」

「ほんなら二人で柔道やって決めたらええがね」

旭は困惑した。なぜ「ほんなら」なのか。困惑した様子の旭を見て殺季は呆（あき）れた。

「たわけぇ。姫が二人もおったらおかしなってまうがね」

どちらがこのホームの姫か、柔道で決めろという。

旭には意味が分からなかった。姫を決めるなら、かわいさ対決とかではないのか。

旭が困って優希を見ると、優希は淡々とした顔で旭を見返していた。既に柔道による勝負を受け入れているように見えた。

かわいさ対決なんかしちゃったら、僕が圧勝しちゃうじゃん。

とでも言われているような気がした。

圧倒的な体格差があり、柔道では優希にとって非常に不利なはずだが、そう思うことさえ優希に失礼な気がした。


ほんの一秒足らずのうちにこの逡巡を過ぎて、旭は、

「分かりました」

と応えていた。

ロボの職員がふいに割って入り、

「危険です。中止して下さい」

と二人の柔道を止めようとした。しかし最後まで喋り終わらないうちに、Qがロボの頭部を片手で掴むと、そのまま持ち上げて握りつぶした。頭を失ったロボの残骸がQの足元に転がった。

老人たちはヒッと短い悲鳴を上げた。

「ほんなら一ヶ月後のこの日にやりゃあ」

と言い残して殺季は消えた。


体をつくり、勘を取り戻すには、一ヶ月はあまりに短かった。

【19】

ダ・シルヴァ柔道館は「楽しい柔道」「生涯柔道」を掲げて、地域の子供から高齢者まで広く生徒を集めていた。代表のアンナ・ダ・シルヴァが女性であったこともあり、中高年の女性生徒も多く、和気あいあいとした雰囲気の町道場だった。サテーンカーリ崎宿 参番館からは最もアクセスの良い道場だった。

アンナは旭を見て、最初は高齢者が健康維持のために通いたいのかと思った。一ヶ月だけ通いたいというのも、合うかどうかまずは体験したいのだろうと思った。

アンナは一ヶ月間は無料で、週一で来てみてはどうかと提案した。しかし旭はそれを即座に断り、高額でも構わないから最も充実したプランで、毎日通いたいと望んだ。アンナは何かが違う、事情があるらしいと察した。経験者であり、一ヶ月で全盛期に近い状態まで戻したいという。並々ならぬ決意を感じたアンナは、何も聞かず旭を引き受けた。

練習は主に打ち込みを中心として、立ち技と寝技を丁寧に体に思い出させていった。３Ｄ動画で撮影し、脳内のイメージと実際の動きの差を細かく確認し、修正した。体のスピードそのものが落ちているから、タイミングのズレが顕著だった。

筋力・持久力のトレーニングも並行して続けた。乱取りは闇雲にやらず、アンナや実力のある生徒だけが担当した。体力や筋力は大学生の時とはほど遠いが、勘は当時を上回っているのではないかと感じた。当時はただ練習していただけだったが、より一つ一つの動きの意味を理解して、それらの動きを有機的に繋(つな)げて考えられるようになっている。瞬発力は落ちても、より効率の良い動きができている。

道場に来ている男子高校生と組めば、相手の方が手数もパワーも上だったが、上手く受けてさばいて、それなりに戦えていた。旭が勝つこともあった。国際ルールであればどうしても体力勝負・手数勝負にならざるを得ない面があるが、たった一人を相手に一試合だけであれば、しかも相手も同年代であれば、戦えそうだという感触を得た。

この練習でも3Dで撮影した映像を見ながら、対戦相手の高校生へも理由を明確にして改善点を指摘して、ほとんどコーチか先生のようになっていた。押し付けがましくなく、むしろ相手の意見を聞く形でアドバイスを与えていったから、高校生も素直に受け止めた。

アンナは旭にずっと通ってほしいと言った。旭自身も、本当に久々に柔道に打ち込んで楽しさを感じていたし、元気なうちはそうしたいと思い始めていた。

旭はアンナを柔道家として尊敬していた。年齢を重ねても向上心を持ち続け、道場の誰よりも強かった。そしてそれを道場に通う生徒へ的確なレベルで伝える方法も、常に向上させようとしていた。

旭は物腰が柔らかく、掃除や片付けも率先して、道場の人々にもよく好かれた。中高年女性たちも旭を「おじいちゃん」と呼んで次々にかかってきたから、ちぎっては投げ、ちぎっては投げた。

彼女らは旭を「かわいい」と言った。旭はホームでかわいさの鍛錬を続けた結果が、身体からにじみ出ているのだと思った。

柔道に勝つ。そして姫になる。

この自分はそれにふさわしい強さとかわいさを身につけた。旭からは、慢心ではない自信がにじみ出ていた。

【20】

ホームの武道場で、柔道着を着込んだ優希と旭が相対していた。真冬の朝九時は、屋内でも吐く息が白かった。武道場の一隅では、他の入居者たちが見守っていた。Qが主審、殺季が立会人として控えていた。

改めて正面から見ると、優希はいかにも小柄なおじいさんだった。優希はひどく穏やかな顔をしていた。かわいい姫の、ころころと豊かな表情はなく、ただ素の、かすかな笑みをたたえた、老爺の顔だった。

好々爺としか言いようのない佇(たたず)まいだった。この人がなぜ、老ホの姫として君臨したのか、そうしようと努力を重ねたのか、不思議だった。

Qが、

「はじめぇッ」

と鋭く開始の合図を放った。

互いに構えながら距離を取り様子を窺う。始まってもなお、旭には躊躇(ためら)いがあった。いかに柔よく剛を制すとは言え、体格差は厳格に有利不利を分ける。全力で優希に向かうべきかどうか、決めあぐねていた。

すぐに組み手争いが始まると、優希の手が鋭く繰り出された。短いはずの優希の腕が、二割ほども長く感じられた。

優希がすばやく旭の懐に飛び込んできた。襟と袖を易々と掴まれた。そして優希は立ち技を仕掛けることなく、いきなり寝技へと引き込もうとした。

組み合った瞬間、旭の襟を猛烈な力で押し下げるように引いて頭を下げさせられた。さらに袖も手前に引かれて、旭は前のめりに姿勢が崩れた。旭の太ももの付け根あたりへ優希の足先が飛んできて蹴るような動きを見せた。

旭は本能的に「これ以上姿勢を崩されては危険だ」と言葉にならないうちに感じてその蹴りを耐えた。優希は斜め後ろに座り込むように寝ようとした。


ここまでがほんの一瞬の出来事だった。旭の脳内で激しく警鐘が鳴り続けていた。危険だ。引き込まれまいと頭を上げようとするとさらに畳の方へと引きつけられる。嫌って旭が立とうとすると、今度は大内刈りのような動きで足技が飛んできた。「草刈り」という技だった。旭はなりふり構わず全力で優希の両手を外して間合いを遠く取った。

今逃れられたのは、優希がわざと握る力を緩めたのだと思った。まだ様子見だったのだろう。

旭はちらりとQと殺季を見たが、二人とも何の反応も見せなかった。やはりこれは「普通の柔道」ではない、と旭は理解した。

事前のルール確認でも、技あり、有効、効果などはなく、一本のみが認められるとの説明があった。制限時間はなく、一本を取るまで試合は終了しない。

今優希が見せたような「立ち技を経由せず直接寝技へ引き込む行為」も講道館(こうどうかん)のルールや国際ルールにおいては禁止されている。しかし優希はそれを当然のように繰り出して、審判であるQも認めた。

これはいわゆる「高専柔道」と呼ばれるものだ。戦前の旧制高校・大学予科・旧制専門学校の柔道大会で行われていた柔道で、引き込みが認められる他、寝技に待ての宣告もない。寝技技術の発達した柔道で、あまりに強かったために講道館の側が引き込み禁止や待てを導入していき、そちらが「スポーツ」としての柔道の主流となっていった経緯があった。現在では旧帝大にこのルールが引き継がれている。優希は旧帝大の柔道部出身なのだろうか、と旭は想像した。

ルールによる制約はゲーム性を高めるには必要であり、かえって自由をもたらすこともある。しかしこれは一種の「果たし合い」だから、この制約が少なくスポーツ性の乏しい「原始的な」形態の方が相応(ふさわ)しいのかもしれない、と旭は感じた。

優希は、よっこいしょという感じでゆっくりと立ち上がった。

寝てはいけない。立って、立ち技で仕留めなければならない、と旭は強く思った。背筋を伸ばし、上半身を引き込まれないようにしなければならない。

引き込みが禁じられ、寝技への移行は立ち技経由でのみ許される通常のルールでは、必然的に寝技は上にいる者が攻め、下にいる者が守る形となる。そして下にいる者は相手の寝技をしのぎながら待てがかかるのを待つ。しかし引き込みを許されたルールでは、寝技の攻めが下から来ることになる。引き込まれた相手は上からその攻めをさばきつつ、自らも攻めていく必要が生じる。上下が逆転した攻防には、それに相応しい技術体系が存在する。通常のルールに慣れた柔道家がただちに対応するのは難しい。

そうした状況で上から攻めるには、むやみに相手の上半身へ手を出してはならない。関節技が来る。相手の脚を越えてから攻めなければならない。そのためにはまず崩されないようにしなければならない。先ほどの優希の引き込みの動きを、旭は脳内で素早くシミュレートしながら、対応策をいくつも思い巡らせた。

だが、勝負が再開されると、立ち技で仕留めるという思惑も、引き込まれた後の攻防のシミュレーションも、何の意味もなさなかった。優希は「そんなこと知っている」とばかりに、旭の対策を全て上回って対応した。

引き込まれて、旭はただちに上からの守りに入ろうとしたが、すぐに下から脇をすくわれ、ほとんどなすすべもなくひっくり返された。

ただちにカメになって防御に徹した。しかし旭が防ごうと体を動かすたびに、意に反してどんどん不利になっていった。寝技に関する緻密(ちみつ)な技術体系は、対策に対する対策、さらにその対策が長年に亘(わた)って蓄積された賜物であり、相手のわずかな動きや呼吸に即応して、相手の意図や目的を先回りして封じていく。何かをしようとしても、どんどん寝技巧者の有利な形へ追い込まれていく。もがけばもがくほど沈んでいく蟻地獄のようだった。

四つん這(ば)いの旭の背の側に回った優希が、体を回し、脚で絡めるように旭の左肘(ひだりひじ)関節を極(き)めた。

旭は一瞬、呆然とした。

何も考えられなくなった。ただ、子供の頃の記憶や、高校で柔道をしていた時の記憶、商社員時代の記憶、経営者だった時の記憶、妻子の記憶、サテーンカーリでの記憶などが、さっと撫でるように順不同で想起されていった。

「タップしろ、参ったしろ！」

と叫んでいたのは、優等生の歌彦だった。

「肘が壊れるぞ！」

そう警告したのはマッチョの洋平だった。

しかし旭は参ったもしなかった。激しい痛みに顔を歪ませながら、何もしなかった。この形から逃れることは不可能だと知っていたから抵抗もしなかった。負けの受け入れを拒んでいるようでもあったが、自身にも分からなかった。

歌彦は苦しそうに呻（うめ）いた。


オタクの恭也が興奮したように小声の早口で急に話し始めた。

「格闘技には大別して立って戦う打撃のストライキングと寝て戦う極め技・絞め技のグラップリングがあるが、実戦である戦争での白兵戦では、例えばイラク戦争・アフガン戦争から帰還した米国陸軍兵一千名以上に調査した結果によると、七割強がグラップリングによる戦闘で、ストライキングは五パーセントに留（とど）まるという。なお銃や武器の使用は二割弱と低いのはアーマーの発達による。これほどグラップリング技術は重要なのだ。一方でアーマーを身に着けない総合格闘技ではどうかというと寝技へ引き込ませない『際』の技術が発達し明確なグラップラー有利のデータはない。この試合でも寝技巧者の優希氏に対して旭氏は様々な防御の技術を駆使しているが優希氏は全てそれらを無効化して寝技に引き込んでいるようだ」

誰も恭也の解説風ひとり言を細かく聞いてはいなかったが、みんながかわいいかわいいと愛でていた優希が、この場にいる誰よりも戦闘能力が高かったのだとは理解した。可愛がっていたのではなく、自分たちが手のひらの上で転がされていたのかもしれないと思い始めていた。

「そもそもなんで柔道やってんだっけ？」

「さあ？」

と蘭太郎・菊次郎兄弟は言った。

絞め技・関節技は、参ったをするか審判が止めに入った場合に一本となる。旭は参ったをしなかったし、Qも止めに入らなかった。

そして旭の左肘関節は脱臼骨折し、内側側副靱帯が断裂した。優希は旭から離れた。もはや試合が続けられる状態ではなかったが、一本にならなかった以上、試合は続行していた。二人は立ち上がり、道着を直した。旭は右手だけで直すから時間がかかった。優希は何の感情の起伏も見られない、ただ穏やかで、あたたかい湖面のような眼差しで待っていた。

歌彦は、

「もういいっ、終わりにしろ！」

と泣き出しそうな顔で叫んでいた。

冬児が、

「無理だ」

と諭すように言った。

「見ようぜ……」

静かに冬児が言うと、歌彦はまた苦しそうに呻いて黙った。武道場が静かになり、旭の道着を直す布の擦れる音だけが聞こえた。

「おいでくのぼう！　根性出せ‼」

と突然、聖波が旭に声援を送った。

「頑張れ！」「ファイト！」

と次々に声援が飛び、バンバンと床を手で打つ者もいた。


Qが「始め」と宣告し、試合が再開された。

旭は一瞬で優希に寝技へ持ち込まれ、絞め技が決まった。旭も無為に立ち向かったわけではなく、様々な抵抗を試みたものの、腕一本ではどうしようもなかった。場内もまた静まり返った。旭は今回も参ったをしなかった。意識が遠のいていく。頭の中で「Ｙｅａｈ！　めっちゃホリディ」が大音量で流れていた。優希が歌っていた。完璧な振り付けで踊っていた。奇妙なかなしさに胸をつかれた。旭はふっと笑顔を見せて意識を失った。

【21】

旭は病室で朝のワイドショーを眺めていた。老人ホームで起きた「決闘」は世間の注目を浴びていた。

殺季と優希は決闘罪で逮捕された。旭は入院していたため逮捕はされなかった。

旭が気を失った後、すぐに救急車が呼ばれたが、それと同時に歌彦が警察に通報したのだった。

決闘罪はその古めかしさから逮捕者が出るたびに解説と共に報道され耳目を集めやすい。まして今回は老人ホームという、およそ「決闘」とは似つかわしくない舞台で起きた事件で、そのきっかけが「姫」にまつわるものだったから余計に話題になった。

旭が著名な飲食チェーンの創業家出身の元経営者だったことも火に油を注いでいた。

「決闘罪」は明治二十二年に制定された六条からなる特別法「明治二十二年法律第三十四号（決闘罪ニ関スル件）」で規定されている。

決闘を挑んだ者・応じた者（第一条）、実際に決闘を行った者（第二条）、立会った者・立会いを約束した者（第四条一）、決闘場所を提供した者（第四条二）が処罰の対象となる。法律上は「決闘」の定義はないが、最高裁判例では「決闘とは当事者間の合意により相互に身体又は生命を害すべき暴行をもつて争闘する行為を汎称（はんしょう）するのであつて必ずしも殺人の意思をもつて争闘することを要するものではない」（昭和二十六年三月十六日）とされる。

格闘技の試合などは、日時や場所を事前に定めて行われるため、形式的には「決闘罪」に該当するが、スポーツとして違法性が阻却される（刑法三十五条「法令又は正当な業務による行為は、罰しない」）。サテーンカーリ崎宿　参番館で起きたこの決闘は、柔道の試合の形を取ってはいたが、その正当性は認められなかった。

殺季と優希は逮捕されたが、不起訴（起訴猶予）となった。

殺季は、百十八歳での世界最高齢の逮捕者としてギネス記録に認定された。認定証を持ってピースサインで記念写真に応じ、批判を浴びたが、本人はどうとも思っていない様子だった。

Qも場所を提供して仕切ったことで罪に問われたが、事件直後に逃亡し、行方不明となっていた。いくつもの防犯カメラに、ものすごい速さでQが町中を疾走する姿が捉えられ、その映像も繰り返し報道された。美しいフォームだった。

優希は逮捕期限の七十二時間が過ぎてサテーンカーリに戻った後、急性心筋梗塞（こうそく）で死んだ。七十九歳だった。旭はあの柔道の後、優希とは会わず仕舞いだった。

旭はテレビを消し、病室の洗面所で鏡の前に立ち、自分の顔を真っ直ぐに見た。右手でパンと頬を叩き、

「よし！　今日も僕はかわいい。僕はかわいい」

と小さな声で言った。

実際、旭はかわいかった。

手のかかるロボほど可愛い

ビーチリゾートで名高い観光地に、大きくはない戦争博物館があった。他に客のいない館内で、おじいさんはツアーガイドのロボットと二人きりでゆっくり歩いていた。

きっかけは娘夫婦だった。両親を連れて、この有名なリゾート地への観光旅行を計画した。最初おじいさんは断った。娘夫婦は一種の義務感からそうしているように思われたからだった。それに義足で出かけるのは億劫（おっくう）だった。この数十年は自宅のある市内からも出ていない。しかし妻に、娘の好意を無下にするなと窘（たしな）められて行くことになったのだった。

人気の観光地にふさわしく、人造ビーチは美しく、ショッピング街とレストラン街は清潔で充実し、外国人を含めた観光客でごった返していた。おじいさんはひどく疲れていた。人ごみが苦痛だった。

地図を眺めて、ホテルからそう遠くない距離に博物館があることに気付いた。博物館や美術館なら観光客も多くはなく、ゆっくり過ごせるだろうと考えた。そこは戦争博物館だった。ここは観光地でもあるが、地政学上重要な地点でもあって、ずっと以前から軍事基地が設置されていた。他の家族は「せっかくの観光なのに」「みんなで一緒に過ごそう」と反対したが、おじいさんは一人で博物館を訪れた。

博物館は案の定とても空（す）いていた。他の利用者を誰も見かけないほどだった。あえて足を運ぶ者がいない。

　窓口でおじいさんの義足を見た職員が、退役軍人の割引料金をさりげなく案内したが、おじいさんは一般料金を支払った。入口脇のロッカーは生体認証ではなく、利用者が数字を設定するタイプだった。おじいさんは他の種々の暗証番号でいつもそうしていたように「５４０９」と入れた。施設は建物全体も、ロッカーやトイレなどの館内設備も古かった。古かったが、清掃は行き届いて、気持ちのいい博物館だと感じた。

　オーディオガイドを借りようとしたが用意がなく、代わりにＡＩロボットのガイドが無料で利用できるという。本来は十名程度のグループを案内するものだが、他に利用客はいなかったから、おじいさんとロボットの二人連れになった。

　今時ＡＩと呼ぶにはあまりに粗末なロボットだった。ガイドはタイミングに合わせて録音された音声を流すだけで、会話などはできなかった。センサーで現在位置を認識して移動していたが、それもあらかじめプログラムされた経路を進んでいるだけのようだった。全く動的な応答ができないロボを、どうしてＡＩと呼べるのかとおじいさんは思った。

　ロボとゆっくり連れ立って歩きながら、おじいさんは何か懐かしさを覚え、穏やかな気持ちになっていた。

　ロボがこちらの言うことを何も認識せず、周囲には誰もいない気安さもあって、おじいさんはロボと歩きながら、問わず語りに語り始めた。

「俺も昔は軍人だったんだ」

「こちらは当時の一般兵が身につけていた装備一式です」

　展示内容に導かれるように、おじいさんの話題は自然と軍人時代のものへと寄せられていった。

どんな訓練を受けたか、どこへ派遣されたか、どんな任務に就いたか、当時の仲間達との関係、退役後の暮らし、妻との出会い……。任務中に負傷した戦友を必死で助けようとして、自身も負傷し片足を失った話にさしかかり、おじいさんは義足をぽんと叩くと、ややバランスを崩し、ロボに寄りかかって支えにした。ロボは気にした様子もなく解説を続けた。

おじいさんが任務に就いたその戦争は、主要な戦闘そのものは短期間で終わったものの、治安維持と体制構築に多大な時間と労力と犠牲を費やした。国家を統一するには、国内の暴力装置を一旦武装解除した後、警察と国軍へ再編成する過程が必要だったが、国土の広さと民族の多様性により、反体制組織の存立基盤が維持され、殲滅することも、新体制へ組み込むこともできずにいた。最終的に新体制は崩壊し、反体制組織が覇権を握り直す結果となり、払われた犠牲は無に帰した。

おじいさんの任務はその治安維持の一部で、反体制組織との武力衝突が散発的に起きていた地域での活動だった。

「そいつは無口だったが、仕事熱心で真面目なやつだったよ。自分の足を失ったが、後悔はしていない。もし同じ状況にあっても、同じことをしただろう。もっとも、その後そいつがどうしてるのかは知らないが……」

「ああああ～」

「何だお前どうしたオイ」

「ああ～」

「何だ何だ」

「………次の部屋へ移動しましょう」

ロボは突然変な声を出した後、解説を再開し普通に動き始めた。しかし少しずつ進路がおかしくなっていった。解説の内容と、実際の展示物との進行にズレが生じていった。さっきおじいさんがロボに寄りかかった衝撃で、その時は平気だったのが、何かが狂ってしまっていた。

どんどんルートを外れていき、ロボは自分が通れない幅の壁と柱の隙間へ突っ込んでいって、動けなくなってしまった。それでも前進をやめず、のんびりと解説を続けていた。

おじいさんは職員を呼んだが誰も来なかった。他の客もいない。自力でロボを助けようと必死で押し戻すが、案外力が強く、義足で十分に踏ん張れなかったこともあり、どうにもならなかった。

「オイコラロボコラバカコラタココラロボオイイィ」

「こちらの展示は、一九九一年に発生した湾岸戦争に関するものです」

おじいさんはロボをボロクソに罵(ののし)って額に汗を浮かべながら、どうして自分が今こんなところで、こんなことをしているのか、わけが分からなくなっていた。ビーチリゾートへ観光に来たはずだったのではないのか。いつもの生活から遠く離れた観光地で、誰もいない博物館の中で、たった一人でロボを何とかしようとしているこの状況は、一体なんなんだ、と何か途方もないような気持ちになっていた。

ふいにロボのパワーが緩み、何とか押し戻して隙間から脱出させられた。解説は既に何部屋分も進んでしまっていた。

再びロボは進み出し、部屋をゆっくり一周したかと思うと、おじいさんが止める間もなくすうーっとさっきと同じ隙間に吸い込まれるように突っ込んでいって、また動けなくなっていた。

「お前どうして……」

おじいさんは再度ロボを脱出させようと必死に頑張った。

「ウォオッ、オォンッ」

「この時代には、兵士の生命を守るため、無人機が使われるようになりました」

「オイコラロボコノタコオイロボコノヤロ」

「空ばかりではなく、地上でもＡＩを搭載したロボットが活躍しました」

「ロボコラ戻れオイ」

「無人機は兵士に代わって危険な任務を担いました。兵士が感情移入しないよう、ヒトや動物を模した形は避けて、無機質なデザインが採用されました」

ふとロボは静かになり、前進も止めた。おじいさんはロボを押し戻して、今度は再びはまらないように部屋の中央まで押して移動させた。


部屋の真ん中で、無言で立つロボの顔をおじいさんはじっと見つめた。「顔」と言っても、目の形をしたシールが二つ貼り付けられただけのもので、そのシールも端が剥(は)がれかけ、少し破れていた。

意識もなく単に音声を流すだけ、視覚もなく単に目の形をしているだけ、たったそれだけのことで、そこに生き物のような存在を認識してしまう人間の他愛なさを、おじいさんは少し考えていた。

このロボは、無機質ではなく、親近感を湧かせるような見た目をしている。兵士と兵器の関係ではなく、客と解説者の関係だからだ。

「しかし、無機質なデザインが採用されても、ロボットと共に任務をこなすうちに、愛着を持つ兵士も多くいました。道具ではなく、同僚や相棒、戦友といった感覚を抱く者も少なくありませんでした」

その場を動かず、ロボはただのシールの目でおじいさんをじっと見つめたまま、解説を再開した。

「任務の中で破壊されそうになったロボットを、危険を顧みず救おうとする兵士もいました」

労苦や危険の中で過ごした時間の長さやかけた手間の多さが、無機質さのもたらす愛着との距離や隙間を埋めてしまう。

「私も、そうして助けられた一人でした。登録番号MZK005409。私の戦友は、片足を失いながらも、私を救いました。その後、私は改修を加えられ、この博物館でツアーガイドとして新しい人生を送っています」

おじいさんは一瞬、何の言葉も考えも思い浮かばず、ただ黙ってロボを見ていた。

「……お前………こんなポンコツだったか？」

ようやく出てきたのはそんな言葉だった。現代の優れたロボットやＡＩを見慣れた視点からは、以前から変わっていなくても相対的にポンコツに見えるのだろうかとも思ったが、いくらなんでもこれでは戦場で使えないから、やはり劣化しているのだろう。

だが、ポンコツになったのは俺も同じだ、とおじいさんは思った。ほんの一時期を一緒に過ごし、その後はお互い無関係の人生を送り、老いてまるで縁もゆかりもない場所でふいに再会した。

おじいさんは哄笑(こうしょう)した。その偶然と時間の長さが冗談のように思えて感動していたが、涙が出るというより、どうしようもなく笑ってしまうのだった。

「私を助けたその兵士は、『ブジン』と呼ばれていました」

「えっ」

「それは日本語で『ウォーリアー』を意味する言葉でした。特に戦果や強さから自然とそう呼ばれたわけではなく、本人が自らそう呼ぶよう周囲にお願いしていました」

「待ってその解説いる?」

おじいさんはこの四十年間、かっこいい綽名を自分で他人に呼ばせたことを、しかもティーンエイジャーではない立派な大人になってからそうしたことを、時々ふいに思い出して恥ずかしさに呻いていた。それを何十年にも亘って大量の見知らぬ人々へ「解説」されていたと知って、脳がむちゃくちゃになった。おじいさんはロボに近寄り、懇願するように言った。

「お前、やめなさい……そういうことを、拡散してはいけない……」

「解説ロボットに触れないで下さい! 離れて下さい!」

おじいさんがロボに触れた瞬間、ロボは大音量で警告を発した。今までも散々触れていたのに、何かの拍子に警告システムが起動したようだった。警告音がけたたましく鳴り響き、ようやく職員が走って現れた。


職員は走ってきた勢いそのままに、なめらかにロボをぶん殴った。

「ああ~」

「すいません、うるさくして。こうしてやると止まるんですよ」

職員はロボをまたぶん殴った。

「あ~あぁ~私はMZK005409」

「静かにしなさい!」

また殴った。おじいさんは職員をぶん殴った。

「えっどうして」

「殴るな……かつて戦場でブジンと呼ばれたこの俺が許さない……」

「オォッ、あなたがあの……でも『ブジンと呼ばれた』というより、呼ばせていたんですよね自分で……？　同僚に……」

「黙れ!!!」

おじいさんは職員に飛びかかった。

全身に血液が行き渡り、力がみなぎるのを感じた。アドレナリンが大量に出ているのもはっきりと感じた。これほどの感覚は、戦場で感じて以来だった。

しかし年老いた肉体はどうしようもなかった。緩慢な動きだった。一方の職員の男も、普段は全く運動もしておらず、とても痩せていた。学生時代は体育が大の苦手で、自分の身体の動かし方をまるで理解していなかった。二人の戦いはふにゃふにゃして、一見するとじゃれ合っているようにも見えた。

「あっあっ、やめて……叩かないで……」

「コノヤロコノヤロ」

「あ～～ロボットが活躍しました。危険な任務をわあ～～～～日本語で『ウォーリアー』わああ～～～～」

ロボは二人の周りを歩き回っていた。職員は殴ることでロボが止まると言っていたが、ロボの症状は悪化しているようだった。ふにゃふにゃ揉み合う二人と、その周りを歩き回り支離滅裂なことを言うロボのいる、穏やかでこぢんまりした博物館だった。

揉み合いの中で、おじいさんは職員の袖口と襟元を摑むと、自動的に背負い投げを発動させた。

職員はそのまま背中から床に叩きつけられ、受け身の取り方など知らず息も上手くできずに苦しんで呻いていた。おじいさんは子供の頃、親に連れられて近所のジュードー場へ通っていた。ほんの数年通っただけで、大会に出たわけでもなく、ずっと技をかけたことなどなかったのに、体は覚えていた。技をかけたおじいさんの方が驚いていた。たとえ片足を失って義足になったとしても、どれだけ時間が経っていたとしても、この技、型は、変わらず生きている。その道場の、日系人の先生の綽名が「ブジン」だった。


ロボは歩き回るのをやめ、今度はその場で高速で回転していた。

「私はMZK005409！」

「そうだな、お前は5409だな」

「あああ〜このこのこのこのこの展示。この。一九九一年。一九六五年。二〇〇三年。一九六六年。一九九四年。」

そして回転を止め、

「これでツアーは終わりです。ありがとうございました」

と言うと、

「ふわぁ〜」

と言いながらすごい速さでどこかへ行ってしまった。

おじいさんは床の上に座ってしばらくぼんやりしていたが、まだ伸びている職員をぽんぽんと叩いて、

「５４０９を頼む」

と言い残して、部屋を後にした。後ろで職員の「ふぁ〜い」とロボに似た気の抜けた返事が聞

こえた。

駐車場には、妻と娘夫婦が待っていた。孫はレンタカーの中で疲れて眠っているようだった。

「オミャアーッ！　なんべん電話とメッセージしたと思っとんだギャァ!!」

妻は激怒していた。

「お父さん、楽しめた？　今日はいい日だった？」

と娘は少し心配そうに聞いた。

「いい日だった。とてもいい日だったよ。お前達のおかげだ。ありがとう」

おじいさんはそう答えて、自分でも少し驚いた。自他ともに偏屈ジジイだと思っていたから、これほど素直に感謝の言葉が自分の口から出たことに驚いていた。娘の夫と目が合い、お互いに軽くうなずいていた。

この旅行は彼が提案したという。娘婿は感情表現に乏しく、いまいち何を考えているか分からない男だった。離れて暮らしていることもあり、娘の結婚以来ほとんど会話らしい会話をしていない。今回、娘婿が義両親との旅行を提案した意図もよく分からない。しかし娘とは上手くやっているようだったから、別に構わなかった。

「楽しめたんならッ！　ほんでエエがねッ!!」

娘の運転するレンタカーに乗って、みんなで娘婿の予約した海の見えるレストランへ食事に向かった。

追放されるつもりでパーティに入ったのに
班長が全然追放してくれない

二〇二〇年代初頭の日本、パーティ追放ものがノンフィクションで流行ってる。それはそう。追放された無能な人が実は有能で、追放したやつらに目にもの見せる。忠臣蔵が大好きな国で流行るのは当然。でも本当に気持ちいいのはそこか？

カラオケの一室に班長と二人きり。歌うためじゃない。

「蛇殺しバルサミーナさん……ああ、ドリンクバーついてるんで取ってきていいよ」

ヘラヘラ卑屈に笑って無料のソフトクリームを大盛りで持ってくる。班長は嫌そうな顔をする。

（大切な話っぽい雰囲気あるだろ）（烏龍茶やコーヒー持ってこいよ）って顔。ああ、いいなあ。

「あのね……端的に言うけど蛇殺しバルサミーナさんに、パーティを抜けていただこうと思っています」

班長はあまり目を合わせずに宣告する。全身がゾワゾワするこの感覚、揺れる観覧車のゴンドラから地面を見下ろす時みたい。努力が報われる瞬間。

「困るよそんなあ頑張ってきた仲間じゃないですか一緒にぃ」

ゴネにゴネにゴネて一時間。追放が覆るわけない。大声でゴネてると本当に悲しい気がして泣きじゃくって「不当追放っ、労基に訴えてやる！」と怒り狂ったり「これ以上パティ歴が荒れたら次のパーティの加入も大変なんですぅ」と哀願したり忙しい。少しでもこのプレシャスな時間を引き伸ばしたいから……

班長は苦痛に満ちた表情で追放は正当な手続きに則りパーティのためにもなると繰り返す。も

う お互い飽きてきた雰囲気が出てきた。味のしないガム、吐き出される寸前のタイミング。

「あの……一曲歌っていいですかぁ？」

班長はマジで驚駭（きょうがい）。ここで？　歌を⁇　でしょうね。

「い……や…………今日は、この話を伝えるために、来ただけで、歌うつもりじゃ、ないから……」

「でもせっかくカラオケに来てお金払ったじゃないですかもったいなくないですか？」

班長は精神がギリギリ。口も半開きでうんと頷（うなず）く。SOUL'd OUTの「ウェカピポ」。僕はヒップホップなんて全然歌えない。リズム感もないしメロディも外れてる。でも歌うと楽しくて聞かされる方は苦しい。でも班長は手拍子してくれて偉いよね。

あーあ。また追放されちゃった。

外国では適性検査も徴集も強制、最適なパーティを多量に編成して効率的に討伐してる。ドイツでは魔王ゆみまほりむが出現したけど効率的な動員で対応してるってニュースで見た。日本は任意。世間の空気感で「貢献しないと非国民」と強制する。ハローワークで登録し簡単に班員（メンバー）を班（パーティ）から追放できない。そこを追放させなきゃいけないんだから大変だよ。

簡単に辞めさせられないから採用も慎重になる。真剣に選んで入れたメンバーなのにどうもおかしい。なんか違う。違和感が無視できなくなっていく。任せられる仕事の範囲がゆっくり減り自分がみんなに諦（あきら）められていく実感が出てくる。申し訳なさがつのる。初追放はショックだった。二回目は頑張ろうとしたけど同じ結果でまたショック。でもどこか懐かしい。苦しい申し訳ないこの感じ。かゆくて掻（か）いてるあいだは痛気持ちいいみたいな。もうクセになっちゃった。

スマホに県警の要請が入る。市街地にデンベメフ。僕はサスマタで突っ込んで無意味にやられる。骨折&内蔵損傷。後ろからお坊さんがショットガンでデンベメフを弾けさせ、女子大学生が素早く突っ込んでコンチョノモをやった。班長のもそもそが僕をただちに治癒する。

「ちょっと基本ですよね？　デンベメフとか床上手とかのエデノスってサスマタやコンボウ無効なの分かりますよね？」

「さすがに蛇殺しバルサミーナさんもそこは分かってると思うよ。分かっててもサスマターとして貢献したいって気持ちが逸っただけじゃないかな」

エデノス類はダクタキでズーチィミした方が良くてそのズーチィミしたクッピドーはせちるか、せちなくても結局はコンチョノモを、ボン。これが基本。教習所で習うし誰もが知っている。それすら理解できないような行動で足を引っ張る。

何かおかしい。今度の班はメンバー八人の大所帯。元メンバーは独立して班長になったり警察・自衛隊・役所の公班幹部が輩出したりする民間では著名な班。パティ歴の荒れた僕が採用されたのもおかしいし、まだ追放されないのもおかしい。

僕はさらに努力した。サスマターのレベルを上げてトゲアリサスマタを手に入れ仲間の女子大学生をトゲサスで甘刺ししてみた。

「うわぁ～ッすいません間違えました！」

「てめぇこの野郎！」

「蛇殺しバルサミーナさんもまだ新武器に慣れてないんだよ」

ブチギレ女子大学生を宥めながらもそもそがただちに癒やす。

僕はもっと努力した。サスマターのレベルを上げてドクアリトゲアリサスマタを手に入れ仲間の老マダムをドクサスで甘刺しして毒状態にした。

「うわぁ～ッすいません間違えました！」

「オッオッ三途（さんず）の川が見える」

「いいリハーサルになったじゃないですか」

　死にかけおばあさんを慰めながらもそもそがただちに癒やす。

おかしい。逆説的だがスキルを上げないと高いレベルで足を引っ張れないからそうした。なのに追放されない。もそもそは気付いてるんだ。僕がわざと追放されようとしてるってこと。低スキルメンバーをわざと抱えることで班を安定させるタイプなんだ。わざとメンバーの不満の捌（は）け口（ぐち）を作る。いじめと同じじゃん。自身のヒーラースキルで失敗を全部カバーして班を破綻（はたん）させない。くぉ～。舐（な）めるな！　そっちがその気ならやってやる。どこまで耐えられるかな？


　班不適応特性にも色々ある。ひたすらサボる。できない癖にプライドが高過ぎて周りを見下す。背信行為に走る。恋愛感情や恨み妬（ねた）み嫉（そね）みを持ち込んで支障をきたす。やったことをやってない、やってないことをやったと嘘をつく。

　僕は一生懸命やっているのに抜けや漏れが多い、目的と手段が微妙にちぐはぐ。失敗を指摘されれば反省するが同じ失敗を繰り返すタイプ。被追放力を上げていく過程で自分の特性を理解した。追放されるだけならもっと不誠実にやれる。でもそれじゃゆっくり悲しいあの感じを味わえなくて意味ない。少しずつ諦められてくあの感じがほしい。だから誠実なのに抜け漏れの多い人を極める。さあ、僕の追放され力にどこまでついてこられるかな？

三年が経った。班長のもそもそは二十九歳、僕は三十六歳になった。

僕が抜け漏れレベルを上げれば上げるほど、もそもそはヒーリングとカバーリングの技術を上げて班の破綻を防いでいった。追放するほどではないが、ちょっとだけみんなが見下して「自分は大丈夫」と安心できるレベルに僕を留めてしまう。少々手のかかるメンバーをパーティに置くことで、他のメンバーのサポート技術の向上に寄与してしまっている。そしてメンバーたちを上手に卒業させてしまう。

女子大学生は独立して自分の班を持った。僧侶はコンサル業で稼いでいる。老マダムは引退したがまだ三途の川は渡っていない。この三年で新たに入って既に見送ったメンバーもいる。僕はもそもそに次ぐ古参になっていた。一番長くいるのに一番つかえないおっさんとして存在感を発揮している。

努力が実らない。今のスキルなら他の班では十分に追放されるのに、この班にいたら未来がない。転班すべきかキャリアに悩む。でもこの班で追放を成し遂げられずに辞めたら後悔する。逃げちゃだめだ。そうしてズルズル三年も経った。

「蛇殺しバルサミーナさんに、ＯＪＴの指導者をお願いしたいんですが」

「ＯＪＴ……ってなんでしたっけ。大阪市城東区天王田……」

「オン・ザ・ジョブ・トレーニング、実際の業務に就きながら、先輩が教育訓練することですよ。というかよくそんな住所すぐ出てきますね。ワザとですよね」

ハロワの依頼で一定数の未経験者を受け入れる義務がある。なんでまた僕に指導者を頼むのか不思議だがチャンスだ。まともに指導できないところを見せつける新たなステージが待っている。

指導者を依頼されて十日後に新人が来た。贅の饗宴という。二十歳で若く、顔も子供みたいだが妻子持ち。真面目そうな好青年。僕の指導不足で若者の成長を阻害するのは申し訳ないがしっかり指導できないところを見せて早めに指導者から外してもらうことが贅の饗宴のためでもある。

「贅の饗宴くんビーポトは博停した？」

「はいっしましたっ」

「オッケー！」

贅の饗宴はビーポトの博停をしていなかった。その結果、信じて突っ込んだ班員がクコヒジアの料をまともに受け班全体が極めて危険な状況に陥った。もそもそは料を受けたメンバーを集中的にヒールせざるを得ず手が離せなくなった。僕も死にたくなかったしクコヒジアはドクアリトゲアリ慈悲ナシサスマタが極めて有効な対象だから必死でフクルブをトンコして他メンバーがムルマヒする間に慈悲なし効果を最大限マヘシして出てきたコンチョノモを、ボン。ギリギリ全員死なずに済んだ。全身の血が沸騰して脳みそが焼ききれるかと思うくらい頭と体を使い切った。猛烈に緊張しながら同時に全部が見えているような感覚だった。

「あの、急に言われるとめちゃくちゃ焦っちゃって自分でも分かんなくなっちゃうんですよ」

　さすがに班でも大問題となったが贅の饗宴は皆の前ですみませんすみませんと謝るばかりで埒が明かず一旦二人きりになって話を聞いた。博停は教習所以前に義務教育でも、ほとんどの家庭でも子供に教える。「横断歩道を渡りましょう」「知らない人についていってはいけません」と同レベルで命に関わる。その博停をせず、しかも「した」と虚偽報告で危険を招いた。

　討伐以外の事務手続きでも周囲に聞けばいいのに何となく進めて、危うく班の認可取消しになりかねなくなったこともあり僕は必死で市役所に修正申告をして事なきを得た。

　ヤバい。僕の評価が上がってる。贅の饗宴が追放されかねない。先に追放者を出したら僕の努力は何。贅の饗宴を鍛え上げるしかない。

贅の饗宴は適性検査のスキル判定がアニマル窓口だった。あらゆる動物の声を聞き意思を通じ合わせ使役する。しかしランクが低いと平身低頭お願いしないと動いてくれない。贅の饗宴はドブネズミも動かせなかった。僕らは早朝の繁華街に二人で出掛けて特訓した。

「お願いが足りないよ！　ネズミ一匹だからってまごころが足りないんじゃない⁉」

「そんなことないです！」

「じゃあ本気でお願いするんだよ‼」

「はいッ、お願いします‼」

「心の底から！　お願いします!!!」

「お願いします!!!」

「今日もッ一日ッよろしくお願いしますッ‼」

「今日もッ一日ッよろしくお願いしますッ!!!」

ブラック企業の新人研修みがあったが恥も外聞もない。ドブネズミはつぶらな瞳（ひとみ）で僕らをしばらく見つめた後さっと身を翻してどこかへ消えた。贅の饗宴は指示した自主練をサボったくせに「やりました」と言った。コーチングの本を買った。僕はビジネス書や自己啓発本が大嫌いなんだ！　くぅ～。参考になる～。

しばらくして新メンバーが加入した。二十一歳の男子大学生でコントソノイもねきこなす即戦力。他メンバーの信頼も厚い。ＯＪＴの指導者はもそもそ。贅の饗宴は先輩風を吹かせた。大学生は能力を鼻にかけず贅の饗宴を先輩として立てた。仲良くやっているように見えた。しかし贅の饗宴は微妙に大学生への情報共有を怠り討伐中も避ける様子が見られた。

「なんか最初のころ先輩っぽい雰囲気出してたのが恥ずかしいっていうか」

　メンバーの中には贅の饗宴も彼くらいできるようになるといいねとか、慎重な彼と違って冒険するの好きだもんねとか平気で言う者もいて贅の饗宴はヘラヘラ笑って彼我の実力差を受け入れたがわだかまりがあった。自分を特別と思いたい願望とそうでもない現実との齟齬（そご）で、妙に自信満々な態度と自己を卑下する態度の両極に振れがちだった。自分の成長に集中しろ、他人じゃなく過去の自分と比較して改善した差分を見ろと口を酸っぱくして言うと神妙に聞いている時もあれば急に苛立（いらだ）って、

「いやそういう話とか、もそもそさんみたいなすげえ人から言われるなら分かるんですけど」

などと反抗的な時もある。そうだよね。説教も心底尊敬できる人からでなきゃ納得できないよね。はあ？　マジ何だお前サスマタで甘刺ししてやろうかマジで。

　サボる、妬んで支障をきたす、できないのにプライドが高い、嘘をつく、一生懸命なのに抜け漏れが多い、全てを薄く広く身につけて贅の饗宴は完全に僕の上位互換じゃん。無意識は強い。僕も昔は自然に追放されていたなと時々羨（うらや）ましくなる。

「贅の饗宴くんどうですか、蛇殺しバルサミーナさんから見て」

「見どころあると思いますよ。幼いところもあるかもしれませんが」

もそもそは絶対に納得していない曖昧（あいまい）なほほ笑みを返した。討伐中もそもそは贅の饗宴のカバーに忙殺されている。僕まで足を引っ張れば班が崩壊し贅の饗宴がただちに追放されるから僕はしっかりメンバーとして機能してしまっていた。追放が遠のくが急がば回れだ。

「年齢考えたらあんなもんじゃないですか」

　フォローしようとしたがもそもそはかえって否定的な様子だった。二十代前半で極めて優秀だ

った人に「あの年齢ならあんなもん」は逆効果だ。

「最近はアニマル窓口の能力も以前よりアップしてますし」

今度のフォローには少し納得したようだった。贅の饗宴のスキルは向上しドブネズミやカラスを索敵に使えるくらいになっていた。まごころを込めてお願いすると渋々やってくれる。それでも平均的なアニマル窓口のレベルには達していない。アニマル窓口のスキルが上がった副作用なのか、

「最近おすしの声が聞こえるんですよ」

と贅の饗宴は言う。あるいはストレスで変になったか。分からない。何を言ってるのか分からないが贅の饗宴は深刻そうに相談してくる。

「最初はエビだったんです。生前の声が聞こえるんです」

「何て言ってるの」

「……ケテ……タスケテ……タスケテホシイデンス…………って」

「助けるったってもう頭もないし開かれて茹(ゆ)でられてるし食べる以外無理じゃん」

「えっ今エビが話しかけてるの、もしエビなら証拠を出せって言ったら『エビでんす』って」

「ふざけてるのか？」

贅の饗宴はあくまで真剣な顔をしていた。

「たまごの生前の声も聞こえるようになって」

「たまごの生前って何。まだ生まれてなくない？」

「最近はいなりずしの声も聞こえるんです」

「いなりずしのどの部分？　油揚げ？　大豆ってこと？　それもう動物じゃないしアニマル窓口の能力じゃなくない？」

「知らないですよそんなこと!!」

回転寿司に行くとおすしたちが通り過ぎざまに話しかけてきてうるさいけど無視して食ってますという。何の話？

班活動と関わりのない相談も多い。妻への不満もよく漏らす。子供が生まれ夫婦関係が友人・恋人から子育ての共同パートナーへと変化したのについていけないというありふれた話だ。「何もやっていない」となじられる。家の中で心が休まらない。互いの価値観や生活スタイルのすり合わせが不十分なまま十九歳で子育てに突入したのはつらいだろう。それでも一緒に生きるなら、互いの許容範囲を話し合って妥協点を見出し大きな目的を常々確認して相手への感謝を頻繁に口に出し、両方向からの信頼を積み上げていくしかない。両者が相手の粗を探して恨みを溜め続ける循環に入っているなら自分からその連鎖を断ち切らないといけないと僕が言うと、贄の饗宴は班の女性メンバーのことが「最近ちょっと気になってるんです」と言うから「はあ？」とついつい大声になる。

彼女は贄の饗宴へのあたりも柔らかく気にかけてくれる。贄の饗宴は分かりやすく懐いて討伐時も何かと彼女に関わろうとする。「班の外でも仲良くなりたい」などと言うから、内心で好意や恋愛感情を抱いていても仕事に持ち込んで支障を来すな、結婚は一般的には両者による恋愛や肉体関係の排他的な独占を含んだ契約だ、まして子供が幼い時期のパートナーや子供を顧みない振舞いは将来に亘って禍根を残す。僕が言い募るほど贄の饗宴は苛立った。

「ああもういいです。結局、蛇殺しバルサミーナさんは独身だから分かんないんですよ」

一瞬で血圧が上がる。ふっざけるな！　そうだよね。話を聞いてほしかっただけなのにあれこれ言われたら嫌だよね。何言ってんだお前が話し始めたんだろうが！　確かにまだ二十歳で自由な恋愛を諦めて自分の手で欲望を断念するのは難しいよね。マジでお前いい加減にしろよ僕が独身なのは関係ねえだろ！　少しでも口を開けば絶対に殴ってしまいそうで目を固く瞑って一言も発さずに落ち着くのを待つしかなかった。

もそもそは贅の饗宴の班追放を決定した。翻意を促そうとしたがもそもその言い分がいちいちもっともだった。焦ると思いもよらないことを口にするのは致命的だった。個人の特性として仕方なくてもその職業の要求する力量を満足できず改善の見込みがなければ追放して別のキャリアを促した方が周囲にも本人にもいいはずだと言われれば返す言葉もない。

「じゃあ逆に僕を追放して下さいよ」

「なんでですか。蛇殺しバルサミーナさんがいなくなって贅の饗宴くんが残ったらもうどうすりゃいいんですか」

もそもそは班長として自ら本人に伝える意向だったが頼み込んで指導者の僕から伝えさせてもらった。

「あー……そっ、すか」

カラオケで二人きり。贅の饗宴は目の前の山盛りのソフトクリームが溶けていくのをじっと見つめていた。僕も烏龍茶の入ったプラスチックのコップの表面で水滴が滑り落ちるのを見つめた。

「あの……今さらですけど、俺……蛇殺しバルサミーナさんめっちゃ熱心に指導してくれたじゃないですか。はっきり言って俺ってだいぶできてないじゃないですか。この班の中で。こんな本気になってもらって……ありがとうございました」

贅の饗宴は嗚咽を漏らす。喚かないのか？　ゴネないのか？　なんで困らせないんだよ僕を。

軽蔑(けいべつ)させてくれ。

「なんか飲むか。酒でも頼もうか。歌おうよ。どうせだし。これ六時間パックだから」

「いや六時間って」

SOUL'd OUTの「ウェカピポ」をノリノリで歌ったら「ババアのお経みたい」とゲラゲラ息できないくらい笑って失礼だな。贅の饗宴はECHOESの「ZOO」を入れた。修学旅行のバスの中で同級生が延々この曲をかけて数時間聞かされ続けて以来嫌いな歌だったが、贅の饗宴の少し不安定な一回限りのような声が単なる上手さよりぐっときて魅力的だった。「早めに家帰ります」と言うからお互い三曲ずつ歌って切り上げた。

「奥さんと仲良くしたいなと思って。この前ちゃんと話し合ったんですよ。子供のこととか」

退店直前に気分が悪いと言うから広いトイレで介抱した。度数の低いピーチフィズ一杯で酒に弱くもないのに変だなと言う。背中をさする。「あー出そうです出そう」スマホの避難警報がけたたましく鳴った。そんなわけない。「マジで出そう」うちは民間で最高ランクM10だから警報ではなく討伐依頼しか来ないはずだ。「うぅーやばいっす」ズフォンが出現と表示。あり得ない。自衛隊が合勤(ごうろく)を常時してくれてるおかげで居住地にズフォンは現れないはずだ。勤耐性(ろくたいせい)ズフォンが発生？　だとしたら世界は日本を封じ込め合勤に代わる対策ができるまで大勢が死ぬ。誤報だろう。贅の饗宴の背中が熱い。ひどく青ざめている。「早く吐け、楽になるから」万一を考えてすぐに吐かせて逃げよう。「あっ出そうっす」「出しちゃえ出しちゃえ」「ヤバっ出る出る出、アッ」出た。それは洋式便器の水面からすっと現れた。完全な白の球体が浮いていた。一切の影がなく空間に円が存在するように見えるが、角度を変えても円のままだからかろうじて球と認識できる。遠近感もなく手を伸ばせば触れる距離にあるのかどうか大きさも正確には分からない。

「えっ。何ですかこれ」

「極上神獣エンベデッド……」

鼓膜が破れそうなほどの轟音と共に突然トイレの壁が崩れた。街が消し飛んでいた。ズフォンがいた。半径五〇メートルほど街が消滅し焦土の中にうちの班のメンバーが固まっていた。男子大学生のガード能力の効果範囲にメンバーを押し込んで無事だったが仲間を優先して入りきれなかったもそもその右腕が消し飛んでいた。ヒーリングでただちに止血したようだ。

「あいつ……あれが……こんな風にしたんですか……何匹のネズミが、何羽のカラスがいたと思ってるんだッ!!　マジ無理なんだけど!!」

いや人間もかなり死んだけどそこはいいんだ。贄の饗宴の憤怒と同時に白の球体から絹糸のような線がズフォンに向かって一直線に伸びた。コンマ一秒弱の明滅で二つの物体の間に純白の線が一瞬生じたような見え方だった。直後にズフォンは急速な新陳代謝が生じながら正常な細胞が生産されず表面と外部が同時に崩れて死んだ。ボンだ。我々人間が手数をかけて辿り着くボンではない無距離の真のボンだった。

遠くのもそもそと目が合った。これはアニマル窓口の八段階上のスキル「神獣遣い」、八十億人に三人しか発現せずうち一名は既に死亡している。極上神獣エンベデッドのみが魔王ゆみまほりむに対抗可能とされる。追放された無能な人が実は有能で、追放したやつらに目にもの見せる。

「結局パーティ追放ものになっちゃったじゃん。僕が鍛えたせい？　なんでー。極上神獣なんとかって名前、ちょっとダサくないですか？」

ヘラヘラ笑って贄の饗宴が僕を見る。そういう問題じゃないんだよなあ。

命はダイヤより重い

鉄道会社　永楽急行の本社ビル最上階は、フロア全体が返玉堂となっている。二階分を使用し、天井は高い。

　エレベーターの扉が開くと、運転士　佐田美知が一人乗っていた。佐田は制帽を脇に抱え、まっすぐにおかえしだいへと進んだ。

　おかえしだいは、一辺が一四三五ミリメートルの巨大な石の立方体が三つ、縦に並んだものだった。石材は黒御影石の一種である浮金石で、表面は鏡面状に磨き上げられていた。床と石、石と石の間は一二二ミリメートルの隙間があいていた。中心で棒が支えて石を浮かせていた。

　返玉堂全体が、床も壁も天井も濃紺で覆われ、おかえしだいと構造上必要な柱を除いて什器の類は一切なく広々としている。おかえしだいの真上にある一四三五ミリメートル四方の天窓を除き、窓は一つもない。

（今日はよく晴れている）

と佐田は思った。曇りの日は返玉堂の内部も暗いが、この日はほの明るかった。この天窓から入る日の光の加減でおかえしだいの表情も変わるようだと佐田は思う。返玉堂には照明器具が全く設置されていないため、使用可能な時間は日没一時間前までと定められている。

　おかえしだいの前に進み、佐田は膝立ちになった。制帽を床に置き、両手を前方斜め下へまっすぐ広げ、目を閉じた。

　佐田は、名前も知らない男性の顔を目蓋の裏に描いていた。

先崎発江野行急行列車が、通過駅である川鍋駅に時速一一〇キロメートルで進入する。永楽急行はどの駅にもホームドアが導入されていない。一瞬、目が合ったような感覚があった。佐田は運転台からホームの一番先にいる人影を注視した。感じの良さそうな初老の男性。ベージュのジャケットに白のシャツ、首元に大振りなオニキスか何かの黒い石のループタイを締めている。白いひげを蓄えた口元には穏やかな笑みを浮かべていた。ひだまりの中を散歩でもするような足取りでゆっくりホームの端へ歩いていく。

（ああ、だめだよ。こっちに来たらだめだ）

と佐田は諦めに近いような気持ちで想いながらも、ワンハンドルのマスコンはブレーキ位置にはせずそのままの速度を維持する。

ホームから転落したおじいさんの体が、先頭車両の下部にあるスカートと衝突する。衝撃が検知され、速度計の上部の「ダイヤは命より重い」の文字が明るく点灯する。つつがなく運行は継続される。

佐田は続けて初めて運転士として人身事故を経験した場面を思い出していた。急行列車が通過する際に、ホーム端から男性が転落したシチュエーションが似ていたこともあって思い出したのだった。

二十九歳だった。駅員を二年、車掌を四年経験し、運転士となった。佐田はもともと運転士を希望していたわけではなかった。鉄道に興味があったわけでもない。地元の安定した企業に就職しただけで、事務職を希望していた。しかし女性比率、とりわけ耳目をひきやすい運転士の女性比率を高めたいという会社側の方針もあり、熱心に運転士へのキャリアを勧められた。さすがにもう「女性運転士」というだけで地元新聞の記事になるほど女性の運転士が絶無なわけではなかったが、確かに永楽急行の女性運転士は比率として一割に満たず、三十代後半以上では一名もいなかった。佐田は特に自身のキャリアへのこだわりもなく、拒絶もしなかった。

　学科試験に合格し研修所を卒業し、実車講習に進んだ段階だった。指導運転士は海老（えび）という五十代前半のベテランだった。実車試験をパスするまでの見習い運転士には指導運転士が一名つき、交代することはない。師匠と弟子の関係だった。それまでも佐田は、海老の運転する列車に車掌として乗務する機会は何度もあった。個性的な人物だとは思っていたが、その運転技術には敬服していた。初日に海老を「先生」と呼ぶと、

「いやあだ。先生なんてガラじゃないわよ」

　と海老は言った。怒っているわけでも、冗談めかしているわけでもなく、ただナチュラルにそう言った。

「じゃあ、海老さん」

「ふん、そんでいいわ」

　そして海老は、佐田をフルネームで「サダミチ」と呼んだ。海老に限らず、佐田は入社以来、同期や先輩たちから、語感の良さからか「サダミチ」と呼ばれていた。

　実車講習は乗客を乗せた営業中の列車で行われる。人を乗せた列車を、自分の手で動かす。緊張するのだろうかと佐田は思ったが、自分自身でも意外なほど落ち着いていた。運行中、海老はほとんど何も喋（しゃべ）らなかった。指摘や指示もなく、雑談もなかった。ただ、初日の終わり近くに、

「サダミチあんた、よほど勉強したのね」

　とだけ言った。佐田は自分の努力が認められて素直に嬉（うれ）しかった。

　通常、見習い運転士は一年近くをかけて担当する路線の必要な情報を体得していく。ホームの

停止位置、ブレーキを開始する地点、制限速度と適正な速度、信号機の位置、勾配（こうばい）やカーブの箇所、遅れの挽回（ばんかい）が可能なポイント等々、指導を受けながら吸収していく。しかし佐田は初日の時点でそれらを既に、ある程度身につけていた。車掌時代に乗務していた際にも、学科試験合格から実車講習までの間にも、それらを繰り返し確認し、路線全体を脳裏に浮かべられるほどになっていた。

　それでも、現実に座って運転してみないと分からないことは多かった。惰力の感じ方や、距離と制動力の釣り合いなどの細かい点がそうで、例えば停止位置へ正確に停車させられるとしても、ブレーキの緩め方が甘ければ停止までに無用な時間がかかる。実車試験で減点になるようなところではないし、現役の運転士でも不十分な者はいる。しかし佐田は改善の余地がある箇所は改善を試みたし、海老は細かい口出しはしなかったが、佐田の求めに応じて簡潔かつ的確なアドバイスを与えた。

　実車講習も終わりに近付いた頃だった。

　先崎発江野行急行列車が、通過駅の川鍋駅に時速一一〇キロメートルで進入する。ホームの奥に立つ人物と一瞬目が合ったような感覚があった。佐田はほとんど反射的にマスコンを目一杯奥側に倒し、非常ブレーキを作動させた。ホーム上の男性が転落する。減速する列車の先頭車両に接触する。列車はホームを数十メートル行き過ぎて停車した。列車は衝撃を検知し、速度計の上部の「ダイヤは命より重い」の文字が明るく点灯する。

　佐田は停止した列車の運転台で、ただ目を見開いてまっすぐ遠く前方を見つめていた。海老は妙に穏やかな顔で佐田の横顔を見つめていた。

　運転指令から無線が入る。

「こちら運転指令です。呼ばれた乗務員、列車番号からどうぞ」

「こちら一〇一五、一〇一五の運転士です。川鍋駅のホーム先端から転落した人と接触しましたどうぞ」

列車が停止していることも、列車が検知した衝撃も、運転指令室へは既に自動的に伝わっている。

「列車損傷により運行が継続できない状況ですかどうぞ」

運転指令は言外に、「さっさと列車を動かせ」と言っている。現在の列車は人体との衝突を前提として設計されている。かつて列車は、飛び込んだ人が乗務員室の窓に当たればひび割れたし、列車の下部に入り込めば機器へのダメージがないか列車を停車させて確認する必要があった。しかし現在の列車やシステムは「人を轢(ひ)いても止めない」前提で構築されている。

佐田は「ダイヤは命より重い」の文字を見つめた。運転士からの応答がないことに苛立(いらだ)ったのか、運転指令は、

「後続列車に遅延が発生しています。どうぞ」

とわざわざ言った。

「列車に損傷はなく、運行は可能と思われます。運転を再開します。どうぞ」

佐田は列車を出発させた。海老はもう佐田を見つめておらず、いつも通り乗務員室の窓外の状況に目をやっていたが、しばらくして呟(つぶや)くように話しかけた。

「なんで止めたのよ」

「すみません」

列車を停車させるべきではなく、接触に構わず走行を続けるべきだった、と海老が指摘しているのだと佐田は思ったから、謝ったのだった。

「ああ、そうじゃなくって……なんで、あのタイミングで止めたのよ。何が見えてたのよ」

佐田は、海老の言葉の意味が上手く理解できずに黙っていた。

「あたしもあの時、ホームの状況はあんたと同じように見てた。サダミチあんた、あのお客さんがホームの端に向かって歩き出すよりずっと前に、非常ブレーキを入れてたのよ。自分でも気付いてないの？」

「いえ……えっ？……そうでしたか……？」

海老にそう指摘されたが、佐田は少し混乱した。私はあの瞬間、あの人が「飛び込む」と思ったから、とっさに非常ブレーキを投入した。だが、何をもってそう「思った」のかと言われると分からない。海老さんがそう断言する以上、私はあの人が動き出すより早く、非常ブレーキを投入したのだろう。私は確かに、強い確信を抱いてあの人が「飛び込む」と思った……

「第六感ってやつかしら。まあいいわ」

また海老は黙った。佐田はいつもと変わらない様子で必要な確認と操作を続けた。「そりゃあそうと」と海老はしばらくしてまた口を開いた。

「運転士っていうのは普通、非常ブレーキを入れるのに迷いや恐れ、躊躇いがあるものなのよね。遅れたら、運転士のせいじゃないのに、運転士が責められるんだもの。平常運行、定時運行が当たり前。なにかあれば減点。それがあたしらの世界。だから躊躇いが生まれる。見習い特有の蛮勇かもしれないけど、あんたは迷いがなかった。あたし、あんたのそうゆうとこ、嫌いじゃないよ」

佐田は目を閉じたまま、呼吸に意識を集中した。見習い時代の記憶を一旦頭の中から流して、呼吸や、皮膚にあたる空気の感覚を意識した。

佐田が運転士として初めて人身事故を経験した後、指導運転士である海老が佐田に返玉堂を案内した。返玉堂には人身事故に遭った運転士がただ一人だけ入ることを許されている。海老も一緒に入ることはできなかったが、必要な手続きや作法を教えてくれた。

「作法と言っても、お堂の中での過ごし方にこれといったルールはないのよ。あたしも他の運転士達がどうしてるのかは知らないし、同僚とも話したことはないわ。温泉みたいなもんだわ。ゆっくりする人もいるし、さっさと出てくる人もいる。お湯を楽しむ人もいるし、露天風呂の景色や雰囲気を楽しむ人もいる。楽しむっていうのとは違うけどね。あたしは魂に敬意を払って、制帽は脱いで、おかえしだいの前でお祈りというか、無心になるようにしてるけど」

佐田は海老のスタイルに倣っている。

轢いた状況を思い出す。それから呼吸や肌の感覚に意識を向けて、考えごとから頭を解放する。そして身体への意識すらなくなって、眠っているわけではなく冴え冴えとしていながら、何にも囚われていないような感覚に至る。時間感覚もなくなって、正確には本人にも分からないが、五分か十分ほどおかえしだいの前に居る。

佐田は「死後」の存在を全く信じていなかった。頑なに否定するわけでもなかったが、ごく自然体で、物質的にあるとは思っていなかった。しかしこのおかえしだいの前で、その人のことを思い返してから無心になるルーティンによって、おかえしだいからその人の「魂」というか記憶のようなものが、天窓を通って抜けていくような気がしていた。

それは、構造物がそのように連想させる形状をしていることが、そのように連想させているだけだろう、と佐田は考えていたが、一方でそうしたイメージをあえて否定する必要もないかと、曖昧に委ねてもいた。

これが「祈り」と呼べるのかどうか佐田には分からなかった。ただ、死んだ人、名前も何も知らない人の、人生や、家族や友人のことを勝手に想像するのも礼を失していると佐田は思っていた。勝手に冥福(めいふく)を祈るのも違う気がしていた。だから、ただその瞬間のことだけをフラットに思い出すようにしていた。目を開くと、おかえしだいの浮金石の磨かれた表面に自分の顔が映っている。日の光の加減で映る日とそうでない日があった。

佐田は制帽を手に取って立ち上がると、一度も動かず待っていた専用エレベーターに乗り、返玉堂を後にした。


これをみたまがえしの儀といった。


総務課の受付に寄ると、佐田の姿を認めた遠藤沙織(えんどうさおり)がさっと立ち上がって寄ってきた。

「みっちゃんおつ～」

佐田を「サダミチ」でも「佐田さん」でもなく「みっちゃん」と呼ぶのは同期の中で遠藤だけだった。

すでに総務課の確認印が押印された「事故報告書兼みたまがえし記録票」を遠藤は佐田に手渡した。書類を持つ遠藤の手の、長いネイルに目がいった。爪の先端のみ色を変えたフレンチネイルや、パールやダイヤ風のパーツをちりばめたビジューネイルなど指ごとに異なるが、黒とピンクをベースに全体として統一感があって、かっこいいなと佐田は思った。

「え～？　いいっしょこれ～」

と遠藤はネイルを改めて佐田に見せてきた。

遠藤はギャルだった。本人も誇りを持ってそう言っていた。透明感と血色感のある明るいベースメイクに、ばっちりつけまつげに目の周りをしっかり丸く囲んだアイメイクと、ツヤたっぷりの赤いリップが強く目を引く。ミディアムロングの髪はアッシュグレーのバレイヤージュカラーを入れて強めのミックス巻きにしている。配属当初、四十代の女性先輩社員から苦言を呈されたというが、遠藤は持ち前の人懐っこさと悪気のなさで、その先輩をむしろギャルメイクのよろこびへ道連れにしたと聞く。

佐田は遠藤を見ると時々、もしお互いが逆の立場だったらどうだろうと想像する。佐田は「運転士とはそういうもの」と思って、爪は短く、アクセサリーは身につけず、黒髪ショートで、メイクもナチュラルなものに留めて、そこに違和感を覚えたこともなかった。派手だと勝手に写真を撮られてネットにさらされたり、クレームを入れられたりするだろうし、そうした世間の反応を先取りした会社が止めるだろう。

だが沙織ならどうだろう。「え～？」と言いながら、ギャル道を貫いて周囲に認めさせていくのかもしれない。「当たり前」に寄り添って適応する私より、沙織の方が本当は運転士に相応しいのではないかともふと思って、憬れのような気持ちを佐田は遠藤に抱いていた。「安全そう」な自分だから運転士へのキャリアへ声をかけられたのだろうかとも思う。


人身事故を起こした運転士は、「事故報告書兼みたまがえし記録票」に事故内容を記載し、安全・技術部 安全管理課（安管）へ提出する。安管はコメントを記入し承認印を押印後、総務部総務課へ回送する。総務は運転指令室と当該運転士の乗務日程を相談した上で、出頭日を設定し、当該運転士の所属する乗務区へ通知する。運転士は通知された日時に本社へ出頭し、総務で受付け後に返玉堂の直通エレベーターのキーを受け取り、返玉堂へ向かう。

みたまがえしの儀を終えると、運転士は再び総務へ立ち寄り、キーを返却し、総務はみたまがえしの儀の実施された日時を「事故報告書兼みたまがえし記録票」に記入、確認印を押印し、運転士に返却する。運転士は所属する乗務区へ戻り、報告書兼記録票は乗務区にて原本保管し、写しを関係部署へ配布する。

安管が「事故報告の内容が不十分だ」と書き直しを要求したり、総務が出頭時刻からわずかに遅れたことを理由に再出頭を命じたりするなど、担当者によっては厳格な運用を求めるケースがある。人身事故そのものは乗務員の努力によって避けられるものではないこともあり、「嫌がらせだ」と憤る運転士もいた。

書類は未(いま)だに紙で運用されていた。紙運用で、しかも採番もなく台帳管理もされていなかったから、どこかの部署で止まってしまうとそのまま分からず仕舞いだった。安管の担当者がコメント記入せず放置したり、総務が運転指令室との日程調整をしないまま放置したりして、みたまがえしの儀をしないままになっている運転士の話もちらほら耳にするが、佐田はおろそかにされず必ず出頭を命じられた。目を付けられているのかもしれないと佐田本人は疑っていたが、みたまがえしの儀は少し気に入っていたから、別に苦ではなかった。それに、総務の遠藤の顔を見るのが少し楽しみでもあった。

「みっちゃん今日の分」
と遠藤が報告書兼記録票とは別に、紙片を佐田に渡した。かわいい便箋(びんせん)に丸文字で、
あたしだけブラックホールにのまれてもあたしはマジですべてに感謝　沙織

と書かれていた。佐田がみたまがえしの儀をした日には、遠藤がギャル短歌をプレゼントしてくれる。そんな奇妙な習慣が二人にはあった。

どうして遠藤がプレゼントしてくれるのか、佐田は知らなかったし理由を尋ねたこともなかった。でも何となく嬉しかった。それから、遠藤のうたが時々どこか孤独を感じさせるところも佐田は気に入っていた。遠藤本人は明るく社交的な人物で、必ずしも自分自身をうたにしているわけではないという。

「和歌だって、見たことない景色を詠んだり、自分とは違う性別になって詠んだりもしてるし」と教えてくれた。佐田は詩歌については学校教育で学んだ以上のことは知らなかったし、遠藤をかっこいいと感心したが、遠藤は「あたしも全然くわしくない」と言い、現代の歌人やその作品もほとんど知らないという。好きな和歌はあるのかと以前に聞いたら、「くわしくない」と言う割に「たくさんあるから選べない。好きなとこが違うし、一番って決めらんないけど」と前置きしながら、

　うば玉ややみのくらきにあま雲の八重雲がくれ雁ぞ鳴くなる

を挙げた。鎌倉幕府の三代将軍、源実朝の和歌だった。「うば玉」「やみ」「くらき」「あま雲」「八重雲」とひたすら闇のモチーフを重ねたその向こう側から、鳥の声だけが響いてくる。

「闇だし、暗いうただし、孤独だけど、なんか心がダサくない。闇のオレかっけーとか、孤独なオレみたいなのじゃなくて、もっとシンプルな、ただ孤独ってかんじ。実朝はギャルだと思う」

ブラックホールにのまれたその向こうからギャルの感謝だけが届いてくるイメージから、以前

に遠藤が言っていた実朝のうたと、実朝ギャル説についてふと思い出したのだった。

本社へ来たついでに、安全・技術部 安全管理課へ寄る予定になっていた。安管の野並健二郎(のなみけんじろう)に呼び出されていた。野並も佐田と同期入社だった。

安管の居室には、社員が半数ほどしかおらず静かだった。安管の課員は現場などへ向かうことも多い。よその部署にいること自体に少し居心地の悪さを感じるが、安管には独特の雰囲気があって余計にそう感じるのかもしれないし、乗務員はいつも安管から聴取を受ける立場なのもそう感じさせる要因かもしれないと佐田は思った。

野並は佐田の姿を認めたが、遠藤のように立ち上がって歩み寄ることもなく、そのまま座って待っていた。

佐田は野並に苦手意識を持っていた。野並は鉄道が好きで鉄道会社に入った。いくつも鉄道会社の入社試験を受け、唯一永楽急行に受かって入社したという。鉄道ファンにも色々種類があるが、野並は列車に乗るのが好きな「乗り鉄」だった。乗務員を希望していたが、安管に配属となったと聞く。鉄道のファンでもなければ希望もしていなかったのに運転士になった佐田に、野並は逆恨みのような嫉妬(しっと)を覚えているらしいと他の同期から以前に耳にした。

「来たけど」

「いや、ていうか事故報告書見せて」

佐田が手に持ったままの事故報告書を渡すと、野並はしばらくそれをじっと見つめていた。事故報告書はもう安管は見ているだろう、と佐田はやや反感を込めて思ったが、今回の報告書を必ずしも野並が担当したとは限らないし、まだ完結しておらず乗務区から写しの配布もされていないから、これは初見だろうかと思い直した。

それにしても、いつもとさして変わり栄えのしない報告書に、そうまじまじ見るところなんてあるんだろうか……

「いや、これ何？」

野並は手許の紙に目を落として、しっかりと味わうようにゆっくりと呟いた。

「あたしだけ、ブラックホールに、のまれても、あたしはマジで、すべてに感謝……」

野並の手にあったのは遠藤のギャル短歌だった。報告書と一緒に持ったまま渡していた。

佐田は、本人に無断で他人へ見せたことを「しまった」と焦った。しかし以前に遠藤が「ほかの人に見せてもいい」と言っていたのをすぐに思い出して安堵した。

「みっちゃんにプレゼントしてるけど、あたしが書いて、もうあたしの手許から離れたら、それはもうあたしのものじゃない。それに、どこかでほかの人の目にふれて、なにか記憶に残るかもしれないいし、紙がどこかに紛れこんで、ずっと後になって見つかったりして、ギャル万葉集に収録されるかもしれないいし」

「ギャル万葉集って何？」

「世界中のいろんなギャルのうたを過去から現代まで五万首くらい集めたやつ」

「すご……えっ過去からのって、ギャルっていつぐらいからいるんだっけ？」

「あたしが見る限り、少なくとも平安時代にはいた」

「じゃあ実朝も入るってこと？」

「もち～。実朝いれないとか無理～」

「てかギャル万葉集ってもうあるの？　誰がうたを集めてるの？」

「まだない。いつかギャル王があらわれてつくる。しらんけど」

と遠藤は嬉しそうに笑った。昼休みに食堂のテーブルで、売店で買ったサンドイッチを食べていた。その時も遠藤の爪がかわいいなと思ったのを佐田は思い出していた。


佐田は野並からギャル短歌を返してもらい、それが遠藤の作であることを伝えた。

「いや、ブラックホールの『事象の地平面』ってサダミチは知ってるか？」

佐田が何か返事をしようとする前に、勝手に野並は早口で話し始めた。

「ブラックホールは極めて重力の大きな天体で、一般相対性理論では強い重力が働く場では時間の進みが遅くなるとされる。ブラックホールの重力から光が脱出できる限界の距離を、シュバルツシルト半径と呼び、その半径で描いた仮想的な球面が事象の地平面と呼ばれる。情報とは光、電磁波の変化だが、事象の地平面の向こう側からはこちら側へは一切の光が届かないから、地平面の向こう側のことを我々は一切知りようがない。ブラックホールに吸い込まれていく物体を外側から見ると、吸い込まれるに従ってだんだんスピードが遅くなってゆき、事象の地平面まで来ると永遠に止まっているように見える。ブラックホールにのまれたあたしは、この地平面で永遠のような時間、留まって、永遠に感謝し続ける。もちろん、物体は元の形を保ち得ないし、我々がそれを観測することも現実にはできないし、その感謝は我々には届かないのだろうが……」

野並は、ブラックホールの表面で永遠にただひとりいるギャルのイメージを嚙み締めているようだった。

「野並君は、沙織のこの短歌を気に入ったの？」

「いや、うん？　気に……うーん……分からない。気に入っているのかは分からない……が、うーん、気に……なる。あえて言うなら気になる、とは言える」

今度沙織に会ったら、野並に勝手に見せてしまったことを謝って、ついでに野並はこのうたをたいそう気に入っていると伝えよう。

野並は、外出していて空いている隣の席をようやく佐田に勧め、「いやいや」と改めて呼び出した本題に入った。

サブディスプレイに一つのグラフを表示させた。正規分布に近い形状のヒストグラムだった。

「これは一人の運転士が、一年あたりに遭遇する人身事故の件数をグラフ化したものだが、サダミチは＋３σ（シグマ）のやや外側にいる」

相変わらずの早口で、グラフについて説明を始めた。佐田が既にそれを知っているかどうかを確認することなく、正規分布の説明から始めた。正規分布は平均値と最頻値と中央値が一致し、そのグラフは平均値を中心に左右が対称に分布する。例えば人の身長は正規分布におよそ従い、平均身長の人の数が最も多く、身長が低ければ低いほど、高ければ高いほどその人数は少なくなる。測定器の誤差や、製造ばらつきも正規分布に従う。平均値からのばらつきの程度を表す指標に標準偏差があり、σの記号で表される。正規分布の場合、平均から±１σの範囲に全体の約68・３％、±２σで95・５％、±３σで99・７％の要素が含まれる。

偏差値やＩＱも、正規分布の考えを基にしている。偏差値は平均を50、標準偏差を10と定義するから＋３σだとその偏差値は80、ＩＱは平均を１００、標準偏差を15で定義するから＋３σだとＩＱ１４５となる。＋３σは上位から０・13％、一万人中の上位十三人となる。

一般的に事故や病気、製品不良など、発生する確率の小さい事象はポアソン分布に従い、頻度は零ないし一件が最も高くそれ以上は急速に低下するような、左端に山のある右肩下がりの、正規分布とは異なるグラフ形状になる。しかしある期間や範囲での発生回数が増えるにつれて、その形状は正規分布に近付いていく。正規分布で近似できてしまうということは、そもそも人身事故が多いとも言える。

野並は話しながらやや興奮した調子で、

「いや、サダミチは＋３σのやや外側にいる。これは外れ値みたいなものだ」

と言った。

「身長だといくつになるの？」

と佐田が聞くと、野並はその場でネットで調べた。

「日本の成人男性は身長の平均が１７１・４センチメートル、標準偏差が５・７センチメートル程度らしい。＋３σだと１８８・５センチメートルだ」

佐田は「ふうーん」と言ったきり黙った。沈黙に耐えられなかったのか、また野並が勝手に話し始めた。

「いや、確かに１９０センチメートル以上の日本人男性はそれなりにいる。ただ非常に珍しいのも確かだ。サダミチはそれくらい、あまりに多く人身事故に遭遇しているってことが言いたかったんだ」

佐田は何も言わなかった。極めて不愉快そうな顔をしたから、それは野並にも伝わったらしかった。

今回は踏切への進入だった。おばあさんだった。朝のラッシュ時間帯はいわゆる「開かずの踏切」になるため、進入による事故の多い箇所だった。

踏切に差し掛かるよりずっと遠くから「目が合う」ような感じがした。その人が光って見えるとか、頭の上に何か目印が見えるとか、そういうことはなく、「目が合う」ような「感じ」がするだけだ。

その感じがして、佐田は「こっちに来ちゃだめだ、だめだ、来ちゃだめ……」といつも思うが、その感じがした時には必ずその人は線路に入ってしまう。

「ダイヤは命より重い」の文字が明るく点灯したのを、佐田は視界の端で認めた。

おかえしだいの前で目を閉じて、いつまで経っても開かない踏切が待ちきれずにおばあさんは進入したのだろうか、それとも人生を終わらせようという人も、そう心に決めていたわけでもなく、その時ふいに吸い寄せられるようにそうしてしまっているのかもしれない。直前まで迷いに迷っているのかもしれないし、迷いはなくただふいにそう思ってしまっただけかもしれない。他の方法を試そうとして、でも怖くてできずに、最期に電車を選択したのかもしれない。

佐田は、いけない、と思い直した。

勝手に想像してはいけない。ただ呼吸や肌の感覚に集中しないといけない……


ギャルサーを抜けても抜けてもそこは闇。ファミレスにいるあたしはひとり　沙織

今回も総務に寄った後に、安管へ寄った。野並が前回の「ブラックホール」のうたを「気に入っていた」と遠藤に伝えたら、

「でしょ～」

と満更でもなさそうで、改めて他人に見せてもいいと言った。ついでに野並が語ったブラックホールと時間の話を伝えると遠藤は、

「深〜」

と今度はあまり興味がなさそうな様子だった。

今回も遠藤のうたを見せると、野並はそれをわざわざ書き写した。本当に気に入っているのかもしれない。

前回、野並に「外れ値」と言われて不愉快な顔をしたままだったのが大人気なかったかもしれないと佐田は少し気にしていた。野並は更新されたヒストグラムを佐田に見せた。今回の事故で佐田の位置はさらに右側へとシフトしていた。

「いや、かなり多いよ。すごい、統計的に『あり得ない』とは言わないけど、ものすごく珍しいのは間違いない」

「その『すごい』っていうのやめてくれない？　私だって、好きで人身事故に遭ってるわけじゃない！」

結局また不愉快そうな顔をして別れてしまった。

人が飛び込んでも、ブレーキをかけはしない。そうするように求められているし、佐田もそれに従っている。「ダイヤは命より重い」の社是を受け入れている。しかし絶対視はしていなかった。

社会が人の死をどう扱うかは固定的でも絶対的なものでもない、流動的なものだと佐田は考えていた。

例えば江戸時代には、トラブル（喧嘩やいじめなど）の発生時は当事者双方を切腹させる、ただし「当人が正常な精神状態になかったから」と届け出ることで切腹を免除して穏便に済ませ得るといった慣習が存在していた。また「差腹」と呼ばれる慣習があった。トラブルが発生した際に、一方が相手を指名した上で切腹すると、指名された相手もまた切腹しなければならない。敵討ちの一形態だった。差腹という慣習は、果てしない報復の連鎖によって互いの一族が疲弊し、ひいては藩などへのダメージの発生を防ぐ効果があったという。国家が警察や軍という制度で暴力を排他的・独占的に一元管理できていない世界では、こうした制度が生まれる余地がある。

幕末期の伊予松山藩のケースでは、松平藤十郎という者の用人の子が、酒に酔って中野という者の顔を下駄で傷つけた。「精神状態の異常による行動」と届けを出して済ませようという話も出たが、用人である父が頑なに拒み息子に腹を切らせたため、一方の中野も切腹せざるを得なくなったという。あるいは長州戦争時に陣地で大勢からいじめられた松本という十六、七歳の少年が、憤慨して刀を振り回した。松本の父も厳格な人物で同様の届けを申請せず、自ら息子を殺害し、切腹した旨を届け出たため、相手側も切腹へ追い込まれた。

社会通念が違えば、自分の大切な子供の生死よりも慣習や家、名誉を優先するような価値判断が生じ得る。日本に限らず、「死を恐れることが死よりも耐え難い恥」といった通念が社会の一部に存在することは珍しくない。

また、乳児の二割、幼児の三割弱が天然痘や麻疹によって死亡していたかつての社会では、子供は「まだ人間であることが確定していない」ような存在だった。「七歳までは神のうち」だという。もちろんその家や親にとって子供の死はつらい出来事に違いはなかったが、子供を「かりそめにこの世にいるもの」と見なすことで、その死による心的ダメージを軽減させている。

あるいは姥捨ての慣習があれば、老人は「長く生きることを恥」と感じるような価値観が生じ得た。あるいは太平洋戦争中の特攻や玉砕からは死を名誉とするような、あるいはそれを周囲が強制するような価値観が生じ得た。

「ダイヤは命より重い」もまた、ある社会条件で形成された価値観に過ぎない。「そうではない常識の社会」はあり得るし、未来から見たら現在は「野蛮だった」「歪だった」と見えるかもしれない、と佐田はずっと思っていた。ただそれは自然にいつか変わることで、自分が何かをしようという発想は全くなかった。

大学生くらいだった。停車駅だったから通過駅よりスピードは落ちていたが、ホームの一番手前だった。

魚とかマグロしかあたしわかんない。だってあいつら人間じゃねえし　沙織

他の運転士と比べて人身事故の遭遇率が高いのは、運転指令や他の乗務員からも言われていたし、佐田自身も自覚していた。それが野並によってデータで可視化されると、気のせいなどではなかったのだと突きつけられる。

運転士から助役になっていた海老が、たびたび佐田の乗務に添乗した。あまりに事故の数が多いから、目を付けられているのだろうと思ったが、海老はかつて先生だった頃と変わらない態度で、ほとんど何の口出しもせず佐田の横に立っていた。

助役は添乗後に乗務区の上司へ報告書を提出しなければならない。添乗によって改善点を見つけること、指導することが助役には要求されていたから、人によっては極めて些末な服装や喚呼の声の大きさなどを報告書で指摘していたが、いつも海老は佐田について「操業状態に異常は見

られない」と報告していた。

海老は佐田の運転に、

「この三年で、かなり精進したわねサダミチ」

と簡潔に評価を与えた。佐田は単純に嬉しかった。

乗客の多寡によって列車自体の重さも変われば、乗降にかかる時間も変わる。列車の重量が変われば惰行の状態は異なる。雨が降ればレールと車輪の間の摩擦力（粘着力）が低下し、力行時には空転が、ブレーキ時には滑走が発生する可能性が高まる。空転再粘着制御や滑走防止制御などの車両側の対策もあるが、運転士の運転技術により防ぐ余地もまだまだあった。走行中に加速状態を各ポイントでチェックしながら、いつもより速度が数km／h高ければ、乗客が少ないからか、架線電圧が高かったか、乗務している編成固有の特性か、可能性を洗い出して特定し、絶えず加減速のタイミングを調整していく。

車両に故障が発生すれば乗務員が対処しなければならない。もちろん基礎的なトラブル対処の教育は受けているが、それ以上に電車の原理や構造を把握していた。

一流の料理人が、ほとんど大勢に影響を与えないような細部においても手間暇を惜しまず、その積み重ねの結果で最大限のおいしさを実現させるように、佐田も定時運行と乗客の快適性を最大化するために努力を重ねていた。いつか自動運転が普及すれば、こうした運転士の努力の積み重ねや技術も水泡に帰すのかもしれないけれど、そんなことは関係ないと思った。

その努力を他人から褒められる機会はほとんどなかったから、とても満たされた気持ちになった。


スーツを着た中年男性。

セミがミンミンうるせえしすぐ死ぬし。とりまあたしもミンミン鳴くし　沙織

「いや、運動する物体のエネルギーは、質量に比例し、速度の二乗に比例する。列車の重量を運転士は変えられないが、速度は変えられる。衝突の瞬間の速度が少しでも小さければ与えるエネルギーは小さくなるんだから、そりゃブレーキをかければぶつかった人の生存率は上がるだろう」

「原理的にはそうかもしれないけど、実際問題、列車の重量からすれば多少スピードが落ちたって無駄なんじゃないの？」

「いや、そうでもない。なにせ速度の方は『二乗に』比例だから。そりゃ人がレールにかかってしまって頸部（けいぶ）や腹部が轢断（れきだん）されれば生存は難しいが、撥（は）ね飛ばされたりレールの間に入り込んだりして、ぶつかった時のスピードが遅ければ結構助かったりする」

　佐田は、誰かが飛び込んだとしてもどの道助かる見込みはないのだから、やはりブレーキをかける意味はないだろうかと野並に尋ねたのだったが、野並は否定した。


　海老は時々、添乗時に佐田と運転を代わってもらっていた。

「やっぱり間が空くとダメね。もうあたしよりサダミチの方が運転技量は上だわ」

「でも知識や総合的な判断力は海老さんの方がやはり上です」

　上位職は必要が生じた際には下位職の業務を代行する。駅員から車掌、運転士、助役とキャリアが進むため、それぞれ過去に経験した職種を代行できる。運転士から助役になったとはいっても、動力車操縦者運転免許は保有したままのため助役は運転できるし、実際に事故や災害などで

ダイヤが乱れ、出勤する乗務員のみで列車の運行が賄いきれなくなれば、助役が乗務するケースもあった。

しかし日常的に運転していなければ勘が鈍る。数ヶ月が空くだけでも、特にブレーキ操作は衰えていた。いざ乗務を命じられた際につつがなく運行できるように、助役の中には添乗時に運転を代わってもらう者もいた。

そうして海老が運転している間は発生しなかった人身事故が、佐田の運転になると起きるのだった。

「やっぱりあんた、『見えて』るのね」

人を轢いても変わりなく運転を続ける。しかし「目が合った」瞬間に体に力が入る。海老はそれを「見える」と表現したが、佐田自身の感覚としては「目が合うような」だった。衝突のはるか手前、視覚的な兆候が全くない段階で佐田が反応したのを海老は見逃してはいなかった。佐田のこの特殊な「能力」を海老以外は誰も知らない。佐田は誰にも言わなかったし、言う必要があるとも思わなかった。また海老以外にも添乗する助役はいたが、佐田のかすかな反応には誰も気付かなかった。

沙織

生乾き部屋干しお気にのキャミソール。あたしの心は乾いてるのに

若い女性。

非常に大柄な初老の男性。

日焼け止め無視してカレシが黒くする　生ゴミの日に袋に入る　沙織

佐田の乗務において一日に二度の人身事故が発生した。同日に同一の運転士の運転する列車で二回発生したケースは前例がなかった。

　みたまがえしの儀はまとめて一度に実施で良いか乗務区側が総務へ問い合わせた。総務課長は総務部長へ問い合わせ、部長は念のため、鉄道本部長兼常務執行役員に相談したところ、鉄道本部長は前任者で鉄道本部担当の取締役兼専務執行役員へ相談し、さらに取締役社長兼社長執行役員と取締役会長にまで話が行き、結局、会長が創業家にお伺いを立てることになった。


　返玉堂の歴史は明治期にまで遡（さかのぼ）る。

　永急は明治三十年代に創立されたが、ほどなくして経営不振に陥り、鉄道会社をいくつも経営し「鉄道王」と呼ばれた郡山佐兵衛（こおりやまさへえ）へ再建が委託された。佐兵衛は社長に就任すると共に、永急の株式の過半を取得し会社を所有した。佐兵衛は路線延長や他の鉄道会社との合併を推進するなど手腕を発揮し、営業収入を増大させ永急の経営を安定させた。佐兵衛は正確には永急の創業者ではないが、そのように見なされている。

　他方で郡山家を悲劇が見舞う。佐兵衛の孫娘が永急の列車事故により十四歳で命を落とす。踏切内に進入した幼児を助けに入り、幼児は救われたが孫娘は列車と接触し数十時間後に搬送先の病院で死亡した。佐兵衛の妻とよは殊の外孫娘の喪失に衝撃を受け、精神に変調を来した。とよは屋敷内を昼夜問わず歩き回った。とよは、

「わしらの汽車で亡（の）うなった人んらのみたまがっ、ここに集まって来とる！」

　と主張した。とよは永急の役員や幹部を呼びつけ、

「汽車で人を殺してはならん」

と命じた。佐兵衛はとよを止めなかったが、一方で「汽車で人を殺すな」には目をつぶり、経済性を優先させた。

とよはほとんど寝食を忘れて邸内を歩き回っていたが、ある日ふと足を止めた。

「ここ。ここ。まさにここに」

とよは屋敷のその一角に巨大な石を運び込ませ、その上の屋根を取り払わせた。そして鉄道の事故で人が亡くなるたび、その運転士をそこへ呼び寄せた。

旧佐兵衛邸の敷地には現在、永楽急行本社ビルが建っている。


海老は、村の子供へ伝承を語り聞かせるじさまのようにそんな話を佐田に聞かせた。

郡山家は、現在は経営から退いている。郡山家の資産管理会社である三邦(みつくに)不動産も持株比率を徐々に下げていったが、今も三分の一超を保有し、特別決議の拒否権を持っていた。また永楽急行本社ビルの土地は三邦不動産が保有していた。

永楽急行の経営陣は、郡山家との関係を良好に保つように配慮してきた。特にみたまがえしの儀は、郡山家に起源を持つ以上、その扱いに関してお伺いを立てておきたいというのが経営陣の判断だった。

郡山家からは「人身事故一件につきみたまがえしの儀も行うべき」との回答があり、会長から鉄道本部長へ、鉄道本部長から総務部長と総務課長へ指示がなされ、佐田は別々に二度、みたまがえしの儀を行った。また社内規定も、複数の事故をまとめて実施することを不可とする旨の追記がされた。

品の良さそうな高齢女性。

四本の足で大地を駆けぬけて　まつげとまつげの奥の目あたし　　沙織

海老は以前、
「みたまがえしは、運転士が事故を消化して忘れられるようにするためにある、っていう人もいるけれど、あたしはたぶん逆だと思うのよね」
と言った。

葬儀は、近親者を亡くした直後の耐え難い辛(つら)さをその忙しさに没頭させて忘れさせてくれる効果がある。一方でみたまがえしの儀は、事故から少し経ってからイベントが挟まれることで、運転士にそのことを強制的に思い出させる。

人身事故は、もちろん大きな心的外傷を負う乗務員もいるが、ほとんどの乗務員が、その亡くなった人の生前を知らないこともあり、業務の中の一つの出来事として容易に流してしまう。「迷惑をかけないでほしい」と敵愾心(てきがいしん)を持つことで、自身が轢いた人との間に距離を取って、自分の心を無意識に守る者もいる。そうして何度か経験すれば慣れていく。そんな慣れを許さないような機能の仕方を、みたまがえしの儀がしているのではないか。

海老が「たぶん逆」と言ったのは、そういうことなのだろうと佐田は解釈していた。

佐田は学生の時、通学途中に乗っていた列車で人身事故を経験した。通常はどの鉄道会社も衝突を無視して進むが、その時は運悪く車両に不都合が生じたためか、長く停車していた。

耳からイヤホンを外すと、車掌から接触のため緊急停車したと車内アナウンスがあった。駅に入ってはいたが、後ろ側の車両がホームに入りきっていないために扉は開けられないとの案内があった。佐田は上り列車に乗っていたが、下りの列車も止まっていたから、てっきり向かい側の列車で事故が起きたのかと思っていたが、ほどなくして下り列車は佐田の乗る列車を残して去ったのを見て、自身の乗る列車が人を轢いたのだと理解した。

時折流れる車内アナウンスは一度も「この列車で人身事故が発生した」とは説明しなかった。先頭から三両目に乗っていた。特に衝撃のようなものは感じなかった。車内の人々は携帯電話で通話したり何か打ったりしていた。会社や友人や家族に連絡したり、SNSに投稿したりしているのだろうと思った。

十五分ほどが経って、先頭から一、二両目のみドアを開ける旨の案内があった。ロングシートに着席していた佐田の目の前を、たくさんの人達が前方に向かって通り過ぎていった。振替輸送のアナウンスがされた。佐田はそのまま座っていた。車両はガラガラに空(す)いた。

佐田の背後では、窓越しに駅員か救急隊員が大声で何か叫んでいるのが時々聞こえた。ほどなくして救急隊員が掲げたブルーシートで何かを囲んでホームを移動していくのを見た。人ひとりの大きさではなかったから、遺体の一部だったのかもしれない。

一時間半ほどして「負傷者の救護が完了した」旨のアナウンスがあり、列車は動き始めた。一、二両目のドアが閉まり、改めて本来の停車位置に列車が停まってドアが開いた。ずっとここにいたのに、今正式に駅に到着したのかと思うと不思議な気がした。

佐田はその日大学へ向かうのはやめ、大学の最寄り駅近くのファストフード店で昼飯を食べてぼんやりと過ごした。

その出来事がショックだったわけではない。その人が誰なのかも知らないし、遺体を見たわけでもない。ただ何となく、誰か一人がそのことで日常を中断したっていいかもしれないと思っただけだった。ほとんどの人達が、日常の乱れやノイズとして扱って、なんとか元の日常を取り戻そうと対処する。仕事やいろんな用事があるのだから当然だ。苛立つ人達もいる。列車に飛び込んだ人へ恨み節を吐く人もいる。それは仕方のないことだとしても、たまたまその場に居合わせただけの、たまたまその日の予定がさほど切羽詰まっていなかった赤の他人の誰か一人くらい、ぼんやりとその知らない人のことを考えていたっていいだろうと思っただけだった。だって人が一人いなくなったのだから。

みたまがえしの儀に臨みながら、いつもではないが時々、この生まれて初めて身近で列車の人身事故を経験した時のことを思い出した。そんな佐田は、みたまがえしの儀がまとめてではなく一件につき実施とされたことをごく自然に受け止めていた。

しかし運転指令室はそうは考えなかった。乗務員のやりくりが困難になっていた。

運転士は複数人がグループとなり、七日間を単位として勤務する。昼から始まり、終電から始発までの間は仮眠を取り、翌日の昼に終わる丸一日の乗務と、日中の八時間を働く乗務とがある。朝のラッシュ時間帯に乗務員が手厚く配置されるように組まれている。そして六、七日目は公休となる。

一方で返玉堂が使用可能な時間は、日の出時刻の一時間後から、日の入時刻の一時間前と定められている。また運転士の公休の日にみたまがえしの儀を入れることは規則で許されていない。運転指令室と総務課は日程を調整するが、あまりに佐田の乗務時の人身事故の発生数が多く、調整が困難になってきていた。

手をつないだままの若い男性二人。

寒いからコタツに入って屁をこいてもぐって嗅いであたしはひとり　沙織

水平に鳩が手の中に飛び込んだ　死なないあたしはギャルは死なない　沙織

「同日に同一の運転士の列車で複数の事故が発生した場合」については一件毎に儀を実施することとなったが、「同一の事故で複数人が死亡した場合」も一人につき個別に儀を実施することとされた。多数の乗客が死亡するような大規模な鉄道事故が発生した場合はどうするのかといった疑問も出されたが、「念のため」という管理職側の保身にも近い判断から、今回は郡山家への伺いは立てずにそのように決まった。

　本社所在地は、かつての佐兵衛邸だった経緯から、永急の路線上の駅付近にはなくアクセスがやや不便な場所にあった。佐田が頻繁に本社へ行かなければならず、運転士の充当はますます難しくなった。佐田自身も休日出勤を繰り返していた。

　さらに永急は、社員の給与水準が地域の他の鉄道会社と比較し若干低かったことで、運転士の他社への流出や人材獲得難が緩やかに続き、人員不足により過重労働となりさらに人員の流出を招くという悪循環に陥っていた。グループ内では鉄道とバスの交通事業の他に、不動産事業、百貨店・小売事業、ホテル・リゾート事業を有していたが、一九八〇年代後半－一九九〇年代初頭のバブル期に、必ずしも鉄道沿線と立地をリンクさせずに拡大させた結果、相乗効果を発揮できずにいた。清算や縮小が遅れた結果、それらが足を引っ張ったことも、永急の給与水準が他社と比較して低位であることに繫がっていた。

野並は更新したヒストグラムを見ながら、

「いや、いやいやいやいや、これはさすがに」

とさらに興奮していた。佐田は既に＋４σより右にいた。佐田はそんな野並とヒストグラムを冷ややかに見つめた。

人身事故の発生は運転士のせいではないと誰もが分かってはいたが、疲弊し余裕を失った者の中には、露骨に佐田へ嫌みを言う者もいた。「あいつに運転させるな」と公然と言う者までいた。疲弊した現場がその恨みの矛先を、疲弊する構造を生み出した管理・経営側ではなく、その構造の中で立場の弱い同僚へ向けてしまう状況は、どのような職種でもありふれたものではあった。

人身事故の遺族対応は助役以上の社員が行う。伝え聞く話によると、佐田の事故対応は海老がかなり担当しているという。海老はそのことを佐田には何も言わなかった。ただ全てを海老が担当するわけでもなく、他の助役や上位職から折に触れて当て擦(こす)りを言われることもあった。

太ったおばあさん。

ジェット機を三万フィート飛び降りる。パラシュートなしでカレシのもとへ　沙織

髪の長い若い女の人。

戦国の足軽らにもギャルはいた。生まれ変わってもドンキ行こうね　沙織

通過駅のホームの手前と奥で別個におじさんとおじいさん。

重力がヒザをいじめて地球にめりこんだあたしを抜く人はだれ　沙織

アニマルはヒョウ、ミリタリーは迷彩　サイフはグッチに二百十円　沙織

遠藤はどこか生き生きしていた。創作がはかどるのかもしれない。時々ギャルなのかどうかよく分からない短歌もあったが、遠藤は楽しそうだった。

佐田はかなり疲れていた。もともと乗務員としての生活は嫌いではなかった。土日休みではなく、早朝や深夜の勤務があるとはいえ、組まれたスケジュールに沿って動くことはリズムを作り出して気に入っていた。

今は高い頻度で本社に行かねばならず、そのために誰かが乗務を代わった分、公休日もほとんど働いてリズムがかなり崩れてしまっていた。ほがらかな遠藤を見ると心が安らいだ。

陰で自分が「妖刀遣い」と呼ばれていることを佐田は知っていた。永急が保有する車両のうち最も数が多いのは４１００系だった。４と10の語呂合わせで妖刀と呼び、それで人の命を刈る佐田は妖刀遣いだという。下らないと思った。大の大人が、それも自分より年下で経験も浅い者を、つまらない綽名をつけて陰口を叩いて。そんな連中に限って技術が伴わない。運転技術だけでなく、管理技術も何もかも。技術がないから、他人を気にせずに済むだけの本当に強固な自信を持

つこともできず、精神論を振りかざしたり、本質的でない箇所を言い立てたりして、無理やり自分が他人より優位であるようなフリをする。

佐田は自身の心が暗く淀んでいるのを感じていた。とにかく疲れていた。しかし何も気にしていないように振る舞った。気持ちはともかく、毅然とした姿でありたいと思った。

添乗していた海老が、

「代わってほしいタイミングがあれば言いなさい。代わるわ」

と申し出てくれた。佐田は「ありがとうございます」と答えたが、運転を続けた。意地を張っていたわけではなかったが、運転士が列車を運転するのが当然だと考えた。

その日はまだ一度も人身事故に遭遇していなかった。「まだ一度も遭遇していない」と考えることがもはや異常だったが、佐田はそれを異常だと客観視するのも困難なほどあまりに多くの人身事故に遭っていた。海老は運転しながら常に佐田が緊張状態にあることに気付いていた。それで運転技術に支障が出ているわけではないが、常時恐怖の中に置かれている。

通過駅に接近した。佐田は運転台で静電気の痛みではじかれるような動きをした。三十人、いや四十人、もっと。全員だ。ホームにいる全員と「目が合った」感覚がした。まだ駅のホームは遠く、ホーム上の人々の顔は視認できない。しかし「目が合った」。過去に例外はなかった。「目が合った」人は全て列車に巻き込まれた。猛スピードで通過する4100系に次々とホーム上の人々が漏れなく飛び込んで轢かれていくイメージが目の奥で激しく明滅して息ができなくなる。時速一一〇キロメートルで走行する列車は一秒で三〇メートル強進む。駅との距離が縮まる。急激な血管の収縮で一気に血圧が上がる。

その瞬間に「逆だ」という閃きが脳内に発火した。

佐田は迷いなくマスコンを目一杯奥に倒し、非常ブレーキを作動させ、乗務員室の内開きの乗降口ドアを開ける。

「あと頼みます！」

佐田がそう叫ぶと、海老は目を見開いて驚愕しながらも頷く。列車がホームの先端に差し掛かる。もう佐田はドアから外へ飛び出していた。


ブレーキをかけたとはいえ相当な速度が出ていた。突如乗務員室から飛び降りた運転士が、ホーム上を転がって構造物へ激突した。ホームにいた客は一様に驚いてその運転士を見つめ、携帯端末を向けて写真や動画を撮る人達もいた一方で、運転士に駆け寄って気遣う人達もいた。

佐田は激痛の中で体を起こし、周囲を見回した。列車は停止し、ホームからは誰も転落していなかった。やはり逆だった。

これから飛び込もうとする人と「目が合う」のだとずっと思い込んでいた。そうではなく、私と「目が合った」人が飛び込んでしまう。「見える」能力ではなく、「見た相手を引き込んでしまう」能力だった。運転を放棄することで、既に「目が合った」人達がキャンセルされるのかどうかは分からなかった。もしそうでなかったら、せめて列車の速度を少しでも落とした方がいい。そんな一瞬の判断だった。

生きてきた中で味わったことのない痛みに苦しみながら、佐田はほっとしていた。生きてる。


佐田の一人暮らしのアパートで、海老が柿をマシーンみたいに正確に剝いていた。一定の動き、一定の速さ、一定の幅で皮がするすると表面から離脱していく。重力に従って長く長く落ちていく。佐田は普段自炊をしていたが、凝ったものは作らないし、包丁も買って以来一度も研いでいない。切れ味も落ちているはずだが、海老の手の中の包丁はそんなことお構いなしに皮と実の間で嘘みたいに抵抗なく働いている。

「実家の兄がね、毎年送ってくるのよ。たーくさん。食べきれないっちゅーの」

海老が佐田の自宅を訪問するのは初めてだった。退職後に会社の人が佐田を訪ねてきてくれたのはこれで二度目だった。この前に比べれば今日はとても静かだと佐田は思った。

ホームに飛び降りてぶつかっていくつかの骨にヒビは入ったが、入院まではしなかった。佐田はただちに退職願を提出して永急を退職した。

自宅のアパートで療養していた佐田を、遠藤と野並が二人で見舞いに訪ねてきた。どういう組み合わせなんだろうと思った。遠藤はともかく、野並は同期とはいえ特に仲が良かったわけでもない。そもそも野並は、運転士になった私が嫌いだったはずだ。タコパをするという。必要な材料は全て二人が買ってきてくれた。てっきり「たこ焼きパーティー」だと思っていたら「タコスパーティー」だという。

「お見舞い〜」

準備も二人が全てやってくれた。

トルティーヤは冷凍のもの、ひき肉を炒(いた)めてスパイスで味付けしたタコミート、みじん切りにしたトマト・玉ねぎ・ピーマンを混ぜて塩とおろしニンニクで味付けしたサルサ、アボカド・トマト・玉ねぎを混ぜてレモンと塩こしょうで味付けしたワカモレ、レタスの千切り。

タコスを食べたことない。タコスパーティーってちょっとおしゃれな感じがする、と佐田は思って二人が1LDKの広くはない台所とリビングを行き来しながらてきぱきと準備していくのを邪魔にならないように眺めていた。

「めっちゃ手慣れてるね」

「そ。二人で何回かやったことあるから」

「えっ、沙織って野並君とそんな仲良かった？」

「付き合ってるし」

「ぁあ？」

剝きエビ、しらす、納豆、チーズ、豚の生姜焼き、マグロの刺し身、キュウリ。

どんどん新たな具が登場し「おしゃれ」とは少々違うのかもしれないと佐田は思い直した。

「何だって合うし」

と遠藤は言い、実際おいしかった。たこ焼きパーティーも色んな具材を楽しめるけれど、タコスパーティーも同じだなと思った。付き合ってるって何。全然知らなかったんだけど。俗に言う「オタクに優しいギャル」という言葉を漠然と思い浮かべた。

「そうそう忘れないうちに渡しとかないと」

とふいに食べかけのタコスを皿に置いて手をきれいに拭いて、遠藤はかわいい便箋を、かっこいい爪の手で佐田に渡した。


ギャルサーでアメリカくらいの土地買って　ギャルだけの国つくる計画　　沙織

退職してまだ一ヶ月ほどしか経っていなかったのに、とても懐かしい気がした。

ギャル短歌を見た瞬間に佐田の中で、点と点が繫がって線になった。完全に理解した。

「私がキューピッドだったのか！　野並君ってギャル短歌のファンだったもんね。それきっかけで沙織と仲良くなったってこと？」

「ん？　付き合い始めたのはもっと前からだよ〜。キューピッドってマヨネーズだっけ？」

「ぁあ？」

全然違った。遠藤はもうタコスの続きを食べていた。遠藤はもともと野並を凌(しの)ぐ乗り鉄で、同好の士として付き合いが始まったという。「オタクに優しいギャル」でもなく「ギャルがオタク」だった。

「いや、俺もこれ渡しとかないと」

３σ人並み外れて４σ、５σ手前で踏みとどまる人　健二郎

Ａ４の紙の端に小さな字で、独特な字形で書かれていた。これは何短歌？　統計短歌？

紙の裏には、あのヒストグラムが印刷されていた。佐田は、確かに平均＋４σと５σの間にいた。

ある事象が「単なる偶然」かどうかを判断する閾値(いきち)や目安として、例えば高エネルギー物理学では５σ（０・０００００５％でしか偶然には起こり得ないこと）が、その発見を「確実」と認定するのに、統計的にというより経験的に必要とされるという。一方で社会科学の分野では２σでも認められたり、あるいはまた別の分野では３σとされたりするなど、どのラインを「偶然」と見なすかは経験則的なものや慣習にもよるが、究極的にはデータをいかに解釈するかにかかってくる。そんな話を野並は勝手にした。

佐田は紙をまた裏返し、野並の統計短歌を見つめて、あの時、あのホームにいた全員が犠牲になっていたら、私は５σより向こうにいたんだ、踏みとどまれたんだなと思った。

野並が視覚的にデータを示していなければ「偶然多いだけだ」と考えていたままだったかもしれない。偶然だと思っていれば、あの瞬間に自分の能力が「逆だ」という発想にも辿り着かなかっただろう。それから、孤立感が深まっていく一方だった中で、沙織が変わらずにいてくれたことでどれだけ救われていたのだろう。

この二人にはきちんと感謝したい。思っているだけではなくて、どう感謝しているか、どれだけ感謝しているか言葉にして伝えたいと佐田は思った。

目の合った人を列車に引き込んでしまう「能力」などという荒唐無稽な話をするのは躊躇われた。運転の様子から感づいた海老を除けば、誰にもそんな話をしたことはなかったし、するつもりもなかった。でも、感謝するにはこの「能力」の話をしないといけない。

自分でも半信半疑だというような、戸惑いを顕にしながら佐田は、遠藤と野並に能力のことを話した。二人は「信じる」と言った。遠藤は、佐田がそういう嘘をつくわけがないと知っているから信じると言い、野並はあのデータを見ればやはり偶然とは思えなかったから信じると言った。

そうして二人に話しながら、佐田はどうしようもなく避けがたい事実に突き当たってしまう。そんな「能力」が確かにあったとしたら、私が運転士をやめるまでに死んだ人達は、私が運転士でなかったら生きられていたはずの人達だった。あの日、乗務員室を飛び降りて運転士をやめて以来、繰り返し考えていたことだった。

その話を二人にするうちに、佐田は感情が混乱して止めようもなく涙と鼻水が出てきた。ぐしゃぐしゃに泣きじゃくっていると、遠藤がよしよしするというより、バンバン背中を叩いてきた。

「んごっ。ごほっ」

とむせながら、やっぱり亡くなった人達に申し訳ない、私が運転士になるべきじゃなかった、野並君がなればよかった、なりたい人が、野並君だって私が運転士になって恨んでたっていうし、と混乱しながら言うつもりもなかったことを言うと、野並は、

「いやいや、えっ？　俺は運転士に特になりたかったわけじゃない」

と言う。

「んごー、何もかも違うー、ごほっ」

野並は確かに乗り鉄だったし、鉄道会社へ入社したのもそうした興味からだが、もともと大学では工学部で品質工学を専門にしていたし、今の部署も望んで配属されていたという。今まで野並に対して気後れを感じていたのは何だったんだ。

「いや、4σを超えたからといって偶然である可能性が排除されたわけじゃない」

と野並は「能力ではなかった可能性」に含みを持たせようとしたが、轢いた人達に申し訳ないと繰り返す佐田に、遠藤は、

「背負え～。背負え～」

と言いながらバンバン背中を叩いた。洟をかんで顔ぐしゃぐしゃのままタコスを食べた。ひどっ、と思う一方で、かえって覚悟が決まって救われた気もした。

遠藤と野並がお見舞いに来た日のことを「騒がしかった」と思っていたが、改めて思い出してみると自分の感情の起伏の大きさがそう感じさせただけで、遠藤も野並も何も騒いではいなかった。今日を「静か」だと感じるのは、それからさらに時間が経って自分が色々を受け入れて落ち着いているからかもしれない。

突然運転する列車から飛び降りた異常な運転士の話は、大きなニュースになった。飛び降りた瞬間は誰も撮影していなかったが、その直後の様子は「視聴者提供」と小さな文字が入って繰り返しテレビでも流された。テレビでは運転士の顔にモザイクが入れられていたが、最初にインターネットにアップされた動画はそのまま顔が見えていた。運転士の名前も特定された。

柿ってお見舞いに適しているのだろうか。佐田はあまり柿が好きではなかった。それに、おっさんが素手で剝いているのも、ちょっと抵抗があった。もちろん海老はしっかり手を洗ったし、衛生的に問題がないのは理解していたが、観念的な抵抗感があった。柿は熟れていて表面が柔らかかった。ぐにゅぐにゅした柿の表面と、おっさんの手のコンビネーションに、佐田は少々尻込みしていた。しかし上手い断り方を考える気力も湧かず、次々に海老の手の中で剝かれていく柿をぼんやり眺めていた。一切れを小さなフォークで刺して口に運んだ。見た目に反して内側はまだしっかり食感が残っていた。甘い。甘ったるいわけではなく素朴な甘さだった。

「案外おいしいですね」

「何よそれ失礼しちゃうわ」

海老はコココココみたいな音で笑った。

最初は「運転士の異常行動」としてセンセーショナルに報じられたが、テレビの夜のニュース番組での一つの関係者インタビューが世間の風向きを変えた。「永楽急行 元運転士」として顔は出さず、声は変えていた。腿に置かれた手だけがクロースアップで画面に映った。おっさんの手。ああ、こういうのって手だけでも同僚なんかには分かっちゃうもんだな、と佐田は思った。そうでなくても口調が独特だったから、もし映像がなくても丸分かりだった。

「人身事故ってね。運転士もまるっきり平気なわけじゃないのよ。人間なんだから」

その「異常行動」を起こした運転士は「偶然」人身事故が多かった。人身事故を起こした運転士には「事後作業」が発生し、乗務員のシフトに影響が出ること。永急は慢性的に乗務員不足に陥っていたこと。そのために過密なスケジュールで働かざるを得ず、二週間近くの連勤が発生していたこと。心をすり減らしていった現場が、その運転士にいじめのような言動を浴びせたこと、それを幹部が是正しなかったこと。

そんなインタビューの後で、永急が他の鉄道会社と比較して、ホームドアの設置がされておらず、開かずの踏切の解消率も低いことが紹介され、メインキャスターが「運転士の行動の裏には、人身事故を防ぐ対策が欠如していたのかもしれません」と引き取った。

その後は一旦報道も収束したが、どういう経緯かしばらくして海外の報道機関がこれを大きく取り上げた。「人命よりも列車運行ダイヤを重視する異常な国民性」といった報じ方だった。世界一正確な時間で運行される裏で、人命が軽視されているという。「ダイヤは命より重い」のランプが象徴的に使われた。佐田も「繰り返し人身事故を経験し、列車がホームに入ることへ恐怖を感じた運転士が、運転を放棄した」とストーリーに組み込まれた。

世間の関心が再燃し、日本のマスメディアも調査報道を始めた。その過程で永急の経営層が不用意な発言を繰り返したことも火に油を注いだ。国土交通省が対策を指示するに至った。

後から振り返ると佐田の「異常行動」は、この社会の常識を修正する転換点になった。「人命はダイヤより優先されなくても構わない」ないし「(ダイヤを乱すような)社会に迷惑をかけた者は尊重されなくても構わない」といった価値観が、ほんの少しだけ変わった。

「ダイヤは命より重い」のランプは、今はテープを貼って隠されているという。

「海老さん、なんであそこまでしてくれたんですか」

聞くつもりはなかったのに、勝手に口が動いて聞いていた。

「だってあんた、『あと頼みます』ってあたしに言ったじゃないの」

佐田と海老は黙々と柿を食べた。時々コーラを飲んだ。甘い柿には渋いお茶などの方が合うんじゃないかと言ったが、海老は、

「柿にはコーラがいいのよ。嘘じゃない」

と今までで一番真剣な目をして言った。海老はインタビューに応じたことでこれまでのキャリアを全く活かせないような部署へ異動になったと聞いていた。佐田は退職して半年強が経つが再就職はできていなかった。メンタルクリニックへ通院しているが気分が塞いで仕方のない日もあった。

海老は外で会おうと言ってくれたけど、まだ少し外に出るのが怖かった。

「あたしほんとはもっと固い柿が好きなのよね。ちょっと熟れすぎ」

「ぁあ？」

佐田が柿を食べる手を止めて海老を見た。人のお見舞いに持ってきて？　熟れた柿を自分で持ってきて？　ここまで結構食べておいて？　という顔を佐田があからさまにしていたから、二人して吹き出してココココみたいな音で笑った。

初出

バズーカ・セルミラ・ジャクショ　「カクヨム」２０１６年4月27日
生命活動として極めて正常　「はてなブログ」２０１４年9月18日
踊れシンデレラ　「カクヨム」２０１６年9月20日
老ホの姫　「カクヨム」２０２３年7月17日
手のかかるロボほど可愛い　「カクヨム」２０２１年12月6日
追放されるつもりでパーティに入ったのに班長が全然追放してくれない　書き下ろし
命はダイヤより重い　書き下ろし

・単行本化にあたり、加筆・修正を行いました。

八潮久道（やしお　ひさみち）
1985年岐阜県生まれ。カクヨムで小説を投稿し話題となるほか、はてなブログでは、やしお（id:Yashio）名義で2022年「年間総合はてなブログランキング」１位の記事を発表するなど多方面で活躍している。本作が小説家デビュー作となる。

生命活動として極めて正常

2024年４月24日　初版発行

著者／八潮久道

発行者／山下直久

発行／株式会社KADOKAWA
〒102-8177　東京都千代田区富士見2-13-3
電話　0570-002-301（ナビダイヤル）

印刷所／旭印刷株式会社

製本所／本間製本株式会社

ISBN 978-4-04-114791-7　C0093
JASRAC 出 2400739-401
JASRAC 出 2400916-401